すべての愛がゆるされる島

杉

The island where
every love is forgiven

そしてつまるところ、あなたが受けとる愛は、あなたが与える愛に等しい

"The End" Lennon & McCartney

1

その不思議な島の話を、あたしは父から聞いた。それはもちろん、まだ父がたまに家に帰ってきてくれていた頃《ころ》のことだから、あたしが十一歳のときだ。

「一年じゅう夏で、真っ白な砂浜と、昆虫の血みたいな色の珊瑚礁《さんごしょう》で囲まれてる。その島の端っこに教会があるんだ。年齢も、どこの国の生まれなのかもよくわからない神父さんがいて、結婚式をやってくれて、島じゅうの人がお祝いしてくれる」

「結婚式？　だって、パパとママって不倫でしょ」

あたしはそのとき、部屋のベッドに仰向けになった父のお腹の上に馬乗りになっていたので、父はひどく苦しそうだった。伸ばしっぱなしのあたしの髪先が、父の首筋を柔らかく掻《か》いていた。

「日本の法律の上じゃな」と父は素っ気なく言った。「でも、そこはとくべつな島なんだ。世界中から人が集まってくる」

「どうして」

「その島は、どんなカップルでも結婚を認めてくれるんだ。男どうしも、女どうしも、大勢いたよ。もちろん不倫でも。他に女房がいようと、血がつながってようと」

「……じゃあ、実の親子でも？」

父は、十円玉をなめてしまったときみたいな顔をしてうなずいた。

「ただし条件がひとつだけある。そう神父は言ってた」

「なに？」

「二人がほんとに愛し合ってること」

あたしは父の鎖骨のあたりに手をついてのしかかり、ガラス窓越しに聞こえる蟬《せみ》の声を数え、二人の汗が混じり合っていくのを確かめた。また、愛か。

「どうやってその条件にあってるかどうか確かめるの」

こうして触れていても、パパがあたしを愛してるかどうかもわからないのに、その神父さんにはわかるの？

「ただ、わかるんだそうだ。神さまがついてるから」

そのときあたしが抱いた神さまのイメージは、いつだったか保健の先生が教えてくれた、トリュフを探し出す雌豚だった。あのクソ高いきのこは雄豚の出すフェロモンと同じにおいがするのだそう。人間には嗅《か》ぎ取れない、愛のにおい。

「こっちはそんなの信じてなかった。おまえの母さんは信じてたけど。たぶん、世間から隠れてセックスしてたから不安だったんだ。だれかに認めてほしかったんだろ」

「それでパパたちは、そこで認めてもらえたの？」

父は目をそらした。

「おまえの母さんのことはべつに好きでもなんでもなかった。そのせいでおまえみたいなのが生まれちゃったんだよ」

月に一度も逢《あ》えないのに、その日も父は冷たかった。あたしみたいなのは生まれちゃいけなかったみたいな言い方だ。泣きそうになる。

赤ん坊の頃から両親とも不在だったあたしは、保護者である祖母にいじめられながら育った。「生まれてすぐのおまえを残して、ほんとにあの女はどうしようもない」と、あたしの母の悪口を毎日毎晩言い続けるのだ。あたしのことだってたいそう憎んでいたはずだ。なにしろ不義の孫だ。ところがあたしの父のことはちっとも悪く言わない。愛する息子に罪はなく、縁を持ってしまった二人の女、つまりはあたしとあたしの母に人生を狂わされたという認識だったのだろう。

そんな歪《ゆが》んだ老婆と同居しながらの生活で、あたしは立派な不登校児になっていた。たまに学校に行っても、顔を出すのは保健室と図書室だけ。あとは部屋に籠《こ》もって、借りてきた本を読み潰《つぶ》してばかりの日々だった。父が普段なにをしているのかはよく知らなかった。「もちろん本妻と幸せにやってるんだよ」と祖母は言い張った。でも、あたしは母の居場所も知っていたし、父がたまに花束だのなんだのを持って母に逢いにいっていることも知っていた。祖母の必死な擁護の言葉を素直に信じるほど幼くはなかった。ごくたまに父は実家に帰ってきて、あたしとつかみどころのない話をした。それだけがあたしの楽しみだった。どうも父は作家かなにかだったらしい。いつも、なんの役にも立たなそうなへそ曲がりの知識や、現実とは思えない体験ばかり教えてくれたからだ。

でも、南の海に浮かぶ不思議な島で父と母が嘘《うそ》の結婚式をやったなんて話は、その日はじめて聞いた。あたしが唐突にセックスしようなんて言い出したせいだろう。その日はちょうど、保健の先生に子供の作り方を懇切丁寧に教わってきたところだった。お父さんの愛情がほしいならセックスしてみたら？　妊娠しちゃったりしたら一生つないでおけるわよ。先生に言われた通り、父に頼んでみたところ、もちろん叱《しか》られた。あたしは言い返した。パパとママはセックスしたんでしょう。ならどうしてあたしともしてくれないの。セックスすれば、パパはあたしのことちゃんと好きになってくれるでしょ。

そうしたら父は、その島のことを教えてくれたのだ。

愛を秤《はか》る、神さまの島の物語を。

「だから、いいか。やったら愛し合ってるわけじゃないんだ。逆だ。愛し合ってたらやってもいいってだけだ」

「でも、どうしてセックスに愛し合うのが必要なの？」

さらに食い下がってみると、父はあたしの両腋《りょうわき》の下に手を差し入れ、身を起こしながら苦労して持ち上げ、ベッドの足下におろした。酸っぱい唾《つば》をもぐもぐ転がしているみたいなその顔を見るだけで、どうやって黙らせようか、と思案しているのがはっきりわかった。

「中絶のことは知ってるか？」

「保健の先生に教えてもらった」

子供の作り方より先に教わったのだ。いま考えてみても親切な人だったと思う。でもあの先生は養護教諭にしてはアグレッシヴすぎたのか、あたしが六年生に進級してすぐに退職してしまうことになる。保健室のベッドの上でほとんどを学んでいたあたしは、それ以来まったく小学校に行かなくなり、ひとりで、父を縛る愛と戦わなくてはいけなくなるのだ。

「精子と卵子のことも習ったか？　生理は？　マスターベーションは？」

「やってみせる？」

「やめてくれ」と父は嘆息して、話を続けた。

そのとき父が提示した問題は、おおざっぱにいうとこういう話だ。月に一度、ナプキンに染み込ませた『いのちの半分』が棄てられて、毎日、ティッシュにくるまれた数億の『いのちのもう半分』が棄てられてるのに、だれも哀《かな》しまない。ところが、それが合わさったものを棄てるとなると、宗教だの政治だのがしゃしゃり出てくるまでの大騒ぎとなる。これはなぜか。

「パパはその答え、わかるの？」

あたしはわからなかった。この世に、わかる人はいるんだろうか。だって、みんな棄てられずに育ってしまったいのちじゃないか。虹《にじ》が何色に見えるのか犬に訊くのと同じくらいばかみたいな問い。でも、父は答えた。

「だれかが、愛してるからだと思う」

「また愛か」

今度は口に出して言ってしまった。あたしは生まれた瞬間からずっと、そのくだらない言葉と戦い続けてきて、いいかげんうんざりしていた。

「だって、ニュース見てみろ。クジラとかイルカは殺そうとするとだれかがヒステリックにわめきちらす。でも、そのクジラとかイルカが毎日何トンも虐殺してるプランクトンのいのちは、だれが哀しんでる？」

あたしは父の言ったことを少し考える。プランクトンの愛らしさを、だれも知らない。もちろんあたしだって知らない。だから彼らは黙って殺されていく。

「イルカがクリオネばっかり食べてたら、みんなイルカのことも怒るかな」

「かもな。それでイルカはみんな殺されるかもしれない。なにかを愛してると、人間どんなひどいことでもする」

「ねえ。パパの言ってる、愛してるとか愛し合うとかは、なんだかあたしが知ってるのとちがう意味に聞こえるよ」

あたしは父の顔をじっと見上げて言う。

「牢屋《ろうや》に入れるとか、拷問するとか、そんな意味みたい」

「そういう意味なんだよ」

そういう意味なのか。父にとって愛の名はそんな哀しい意味しか持たないのか。

「呪《のろ》いみたいなものだ。母親は自動的にガキを愛するようにできてるんだよ。赤ん坊が可《か》愛《わい》く見えるのは本能にそう刷り込まれてるからだ。そうしないと生まれてすぐに棄てられる子供が増える」

「あたし棄てられてないよ」

「棄てたんだよ。愛なんて邪魔なだけだから、棄てたんだ。認知もしてないだろ。好き合ってもいないのにやっちゃいけないのはそれが理由だ。好きでもないやつとつくったガキでも、本能のせいで最初は可愛がる。でもそれがただの呪いだって気づいたところで、どうせ棄てるんだ。おまえみたいに」

「棄てられてないよ。勝手に棄てないでよ。あたしはここにいるよ」

あたしは父の太ももの内側、スラックス越しでもかすかに脈動の感じられる脚の付け根に、手を押しあてた。伝わってくるこのぬくもりが自動的なのだとしたら、太陽も星も海もみんな機械仕掛けだ。

父は答えなかった。そのかわりに、あたしに一冊の本をくれたのだ。父からもらった唯一のもの。父とあたしの、いちばん大切なつながり。

それがつまりこの、愛を巡る島の物語だ。

でもそのつながりはあたしが思っていたほど強くなかった。あたしが十二歳になる頃に、父はあたしの母とまた一緒になってしまったのだ。あの二人の結婚は蜃気楼《しんきろう》みたいな嘘だったはずなのに、けっきょく父は愛の牢獄から逃れられなかったわけだ。

結婚は人生の墓場、なんてよくいったものだ。あたしが墓場から連れ戻したときには、父はもう燃え尽きて真っ白な灰になっていた。

もう二度と、父を離したくなかった。

でも、どうしたら父はもう一度あたしに笑いかけてくれるだろう。どうしたら父はあたしのものになるだろう？

その答えを、あたしは物語の中に見つける。

十四歳の冬の終わりに、あたしは父と一緒に旅に出た。ありったけの下着とお菓子とパスポートとそれから父とあたしにとっていちばん大切なあの本を、スポーツバッグに詰め込んで。

どんな愛もゆるされる、その島へ——

愛の存在証明の、あるいは、不在証明のために。

2

赤道付近は、自転のせいで、この地球上ではいちばん速く動いている場所ということになる。だから相対論的に、あのへんの国は時間の流れが遅いんじゃないかね。大金持ちがシンガポールとかモルディヴに行くのは長生きしたいからじゃないかね？　そんなことを言って、理系学部出身の編集者に笑われたことがある。

しかし、こうして小さな船の舳先《へさき》で手すりにもたれ、真上にぎらつく陽と真っ白な甲板に照り返す陽とでじりじり焼かれていると、やはりここは時間の流れがのろくなっていると思わずにはいられない。

見回すと、世界は、ほんの少しだけ濃さのちがう圧倒的な二つの青に挟まれている。船の後ろに少しだけ広がって伸びる二本の白い波跡は、十一時三分くらいで動き方を忘れてしまった時計の針のようだ。そのせいか、太陽も、俺《おれ》の額に浮き上がった汗の粒も、さっきからいっこうに動かない。

あの名前のない島は、まだあるのだろうか。沈んでいてくれればいいのに。ずっと船が着かないまま海をさまよっていればいいのに。着いたら、答えが出てしまう。俺にはとっくにわかっている答えだ。咲希《さき》にもわかっているんじゃないのか、と思う。男は答えそのものを求める。女は答えが出るプロセスを求める。だれが言っていた話だっただろう。たしか男女の性欲のちがいを説明した言葉だった気がする。ひょっとすると自分で小説に書いた文章かもしれない。

それでも俺は咲希に言われるままについてきた。陸を遠く離れてまぶしい陽と濃密な潮風に頭をさらしていると、自分はよほどくたびれきっていたのだな、と痛感する。小説には、いかに不倫が甘い蜜《みつ》かみたいなことを何百回と書いてきた俺だが、実際はただの塩水だ。一度飲んだら喉《のど》が渇くからまた口をつけてしまう。そのうち潮だまりに首までつかってミイラみたいになる。咲希がそこから引き上げてくれたと言えなくもないが、おかげで今でも俺は咲希から離れられない。

俺が咲希を産ませた女は、美鈴《みすず》といって、どこかの出版社主催パーティの三次会だか四次会だかで連れていかれたクラブのホステスだった。作家は二種類しかいない。一つ目は、女と見ると愛人契約の値段交渉をするやつ。二つ目は、やらせてくれるまで土下座するやつである。俺は当時そこまで金がなかったので必然的に後者だった。シャンパン一気飲みと土下座を五回くらい繰り返した。

それから何年か、俺は美鈴のヒモみたいなことをやりつつキーボードを叩《たた》き続けて小金を稼いだ。都外に建て売り住宅を買えるくらいの身分になったところで、作家仲間の紹介で一般人の結婚相手を見つけた。

美鈴に別れようと切り出すと、ひどく意外なことに、彼女は泣きもしなかったし怒りもしなかった。ただ、行ってみたい場所があるの、と言った。ずっとずっと南の海に不思議な島があって、そこではどんな結ばれ得ぬ二人でも祝福してくれるって。

安い手切れ金だと思って、俺は旅行の手配をした。

妊娠を告げられたのは、ちょうど今こうして漂っているのと同じ、航路の途中だ。女はときどき、ぞっとするくらい演出が巧《うま》い。

日本に戻ってからも、美鈴との関係はずるずる続いた。翌年に美鈴は咲希を産んだ。母親よりもずっとずっと美しく、卑屈さも芝居がかった笑い方も泣き方も受け継がず、ただただ、俺への飢えだけが遺伝した恐るべき少女が育っていくさまを、俺は見せつけられ続けた。ちょくちょく咲希に逢っていたのは、父親としての責任感などではなく、実にその美しさのためだった。咲希は俺の戸籍に載っているわけでもないし、俺の娘だと知っている人間もほとんどいない。そして法定強姦《ほうていごうかん》となってしまう年齢もついに過ぎた。だからもう俺の欲望を遮るものはなにひとつなくなってしまった。

ポケットからくしゃくしゃに潰《つぶ》れた煙草《たばこ》を取り出し、一本くわえて火を点《つ》ける。

背中に錆《さ》びた金属の軋《きし》みが聞こえ、振り向くと、反り返ったペンキのかけらがかさぶたみたいに張りついたキャビンのドアが開くところだった。出てきたのは、陽光を余さず吸い取りそうなたっぷりと濃い黒のスータンを着た若い神父《しんぷ》だ。まだ二十代の半ばといったところだろうか。鼻梁《びりょう》が高く、瞳《ひとみ》はくっきりとターコイズ色だったので、「こんにちは」と流暢《りゅうちょう》な日本語で挨拶《あいさつ》されて面食らってしまう。

「他にも乗っていたんですね。気づかなかった」

俺は驚いた理由をごまかそうとしてそう言った。こんなに小さな船だから気づかないわけもない。港から俺たち親子と一緒に五、六人乗り込んだのを見ている。

「そろそろ着きますよ。島の影が見えてきました」

神父に言われて船首の先に目をこらすが、古い手術痕《しゅじゅっこん》みたいにぴったり合わさった水平線しか見えない。その風景に、俺は煙草の煙を吐きかける。

「神父さん、島の教会の人ですよね。やはりああいう開けたところで生活していると目がよくなるのかな」

「そうかもしれません。私は島の生まれで、ずっと老師に世話になって育ちましたから、あなたが以前いらっしゃったこともよく憶《おぼ》えておりますよ」

俺はびっくりして若い神父の顔を見つめた。

美鈴と一緒に島を訪れたとき、教会を切り盛りしていたのは、赤銅色《しゃくどういろ》に日焼けした四十歳手前くらいの神父だった。もう十五年も前のことだ。代替わりしていても不思議ではない。しかし、こんなに若くて現代的な男が、あの時間の流れから忘れ去られたような教会で働いているのかと思うと、不気味だった。

「実は、島には二度いらっしゃる方がけっこう多いのです」

神父は俺の隣まで来て、俺には見えない行く先の島影に目をやって言う。

「あなたも、一度目は扉が開かなかったわけですよね」

「ええ」

手すりの向こうに腕をぶらさげ、ぬるい潮風に手のひらをさらしながら、俺は美鈴のことを少しだけ思い出す。あいつはこの船の上で、嬉《うれ》しそうに言った。どんな関係の二人でも、神さまが認めてゆるしてお祝いしてくれるんですって。ほんとに愛し合ってるなら、どんな二人でも。

しかし、教会の奥にある扉は、開かなかった。

「島にいらっしゃる旅の方のほとんどは、近しいどなたかが島で結婚されたという方か、あるいは一度島にいらっしゃって、認められなかった方です。小さな島ですし、知っている人もほとんどいません。まれに英国のオカルト雑誌に載ったり、あるいは宗教関係者に噂《うわさ》が出回ることもあるようですが、実際に来てみようと思う方は、まず口づてか、あるいは経験者なんです」

それはそうだ。俺だって美鈴との手切れ金がわりじゃなきゃ、こんな場所まで来たりしない。神さまに認められれば開くというその扉も、どうでもよかった。

「もう一度島に来てしまうやつというのは、そのう」

俺は少し言い淀《よど》む。

「やはり、連れてる相手が変わってるわけですよね」

「そうですね」

神父は笑みを消して答えた。

「同じお二人が二度いらっしゃった、という記憶は、少なくとも私にはありません」

俺は頭の中で可能性の組み合わせを並べてみる。

1．二人は愛し合っていて、扉は開いて二人は祝福された。神さまは嘘ではない。
2．二人は愛し合っていて、扉は開かなかった。神さまは嘘。
3．二人は愛し合っておらず、扉は開いて二人は祝福された。神さまは嘘。
4．二人は愛し合っておらず、扉は開かなかった。神さまは嘘ではない。

俺は4だった。島を再訪する者のほとんども4だろう。2と3は楽だ。島のことなど鼻で笑って忘れてしまえばいい。1も悩む理由はない。疑ってもだれも幸せにならない。ただ4の該当者だけが、答えを求めて再びこの船に乗る。べつのだれかを隣にのせて。

それでは俺も、そのためだけに咲希についてきたのだろうか。証明のため。

そこで俺は恐ろしいことに気づく。

「……今回、一緒にいらっしゃったのは」若い神父が隣で囁《ささや》いた。「さきほど舳先のあたりで見かけましたが、あの小さくて可愛らしい」

「娘ですよ」

「ああ、やはり」

以前お連れになっていたご婦人そっくりですね、と神父は言った。不思議と腹は立たなかった。

美鈴と同じように、俺はべつに咲希のこともどうとも思っていない。

愛していない。

二人は愛し合っていない。

答えは3か4のどちらかしか出ない。

だとしたら、扉は開いてもらわなくてはならない。その日は天気が良かったとか、寄付金が多かったとか、そんなくだらない理由で、神さまの御心《みこころ》以外の理由で、俺たち親娘の結婚は認められなければならない。そうでなければ俺は、もうとっくに手に入れている回答4をもうひとつ抱えてまた日本に戻り、またべつのだれかにあの島の話をするだろう。

うんざりだった。永遠にこんなことを繰り返していくのだろうか。愛の存在証明の、あるいは不在証明のために？

もう、嘘でもほんとうでもいい。俺じゃないだれかの責任下で、はっきりと答えが出てくれればそれでいい。

船がかすかに傾《かし》いだ。ようやく行く手の海に、クリソベリルのようなかすかな金緑色が現れる。珊瑚礁だろうか。俺は煙草を波の間に投げ捨てて向き直る。

「ねえ、神父さん」

「はい」

「俺はね、ただ女好きで、やりたいだけだった。美鈴にも堕《お》ろせって言った。ちょうど十五年前にこの船の上で、ですよ。あいつは泣いたけど、島に着いて、教会の扉が開かないのを見たら急におとなしくなった。俺に性欲しかないのをやっと思い知ったわけです。その点じゃ、島にいる神さまには感謝してますよ。そのかわりにあいつはぜったいに産むっていって聞かなかった。ひょっとしたら今日このときのことを予期してたのかもしれない。娘が俺に復讐《ふくしゅう》する日のことをです。そのために、咲希が美人になるように丹念に育てたのかもしれません。もちろん妄想ですよ。そんな小説ばっかり書いているから、普段から馬鹿《ばか》げたことを考えるようになったんです。事実はもうちょっと単純です。俺は不倫相手をホステスからその娘に乗り換えただけですよ。ずっと若くてみずみずしい身体《からだ》で、しかも実の娘なんていう背徳感《はいとくかん》のおまけつきです。さすがに俺だって腰が引ける。でも俺は咲希に誘われて、ほいほいついてきた。教会で認められれば咲希とやるふんぎりがつくし、神さまに言われたせいにできるから罪悪感を忘れられる。認められなきゃあいつがあきらめて俺に寄りつかなくなる。どっちにしろ俺の性欲に、この性欲にかたがつくと思ったからです。ろくでもない二度手間だ。十五年前に来たときに終わらせてくれればよかったのに。ねえ、あんたのところの神さまはどうして、認める認めないだけなんです？　認めなかった二人には気前よく雷でも落とすべきじゃないですか？　それともリピーターになってくれないと寄付金が減って困るから」

「ご存じかと思いますが」

若い神父は、干《ひ》潟《がた》に残った輝く塩の塊みたいに透き通った笑顔で、俺の言葉をさえぎった。

「私たちの教会は寄付を受け取っておりません」

「ああ」

俺は煙草をもう一度取り出し、火を点けようとしてやめ、そのまま指で折り曲げて海に放った。どうしてくだらないことばかり言ってしまったんだろう。

「すまなかった。忘れてください。ここで答えるわけにゃいきませんよね。俺と娘が教会に行ったときに、あんたは裏手でハンドルだかレバーだかを操作して扉を開け閉めしなきゃいけないんだから」

　こういうのも船酔いというのだろうか。ろくでもない言葉しか出てこない。神父は首を振った。

「どう説明しようとも、あなたは信じないでしょう？　言葉は人を偽りますから」

「そりゃそうだ。おかげで俺も小説で飯を食ってる」

　それから彼は、手すりを固く握りしめた俺の手の甲に、そっと手を置いた。ぞっとするほど冷たい指だった。

「あなたの、その性欲が」

神父は海に向かって言った。

「愛ではないと、だれがいつ証明したのでしょう」

俺は三本目の煙草を、ケースと一緒に握り潰して海に落とした。

神父がいつキャビンに戻ったのかも、よく憶えていない。気づくと、水平線から染み出した緑色はじわりと広がって見えた。

島が近づいてきたためか、振り向くと甲板《かんぱん》に乗客たちが出てきていた。若い男女の陰に、潮風であおられた真っ黒な髪が見えた。ミルクティみたいな色に日焼けした細い手が白いワンピースから伸びて、危なっかしく手すりをつかんでいる。まだ船酔いがおさまっていないのか、その顔は青ざめていっそう美しく、俺は背骨を氷でなぞられるような思いを味わう。

この性欲が、愛だと。

今から俺は、あの手を握って。並んで島に降り立ち。

確かめにいく。

咲希が船縁《ふなべり》でふらついた。視線をさまよわせているのは、たぶん俺を捜しているのだ。あいつの血には、俺の性欲と、美鈴の狂気とが溶け込んでいる。

今ここで海に落ちたら。

その血はどこまで広がっていくのだろう？　どんなに甘苦く塩辛い汚れが、そこに混じるのだろう。

俺はその味のする唾を飲み込むと、手すりをはなして、「咲希！」と呼んだ。

3

「咲希！」と呼ぶ声がして、わたしは陽の下でひりひりするほど温まった手すりを握り、首を巡らせて声の主を捜した。中学生くらいの小さな女の子がわたしの目の前を走り過ぎ、緑のペンキで塗られた船縁を舳先の方へと駆けていった。

あんなに小さな娘も乗っていたのか。だれと来ているのだろう、と思う。あの年齢で、認められない愛の相手となると、やはり、父親、だろうか。

揺らぐ海面に目を落としたとき、かんかんかんという足音が聞こえた。

「ここにいたの」

目を上げると、直樹《なおき》が階段口から顔を出したところだった。船が揺れ始めたので、危なっかしい足取りで船縁にあがってきて、わたしの隣の手すりに飛びついて胸を押しつける。もう二十歳になったというのに、直樹のそういう仕草はまるっきり少年のそれで、だからわたしは直樹を見るたびに甘い罪悪感を覚える。わたしたちは姉弟とはいっても母親がちがうから、わたしの方がわずか六ヶ月早く産まれただけだ。直樹がまだ少年だとしたら、わたしもまだ少女のままなのだ。

とくに、顔だけ見ると、直樹はちっとも成長していない気がする。どうしてだろう、と考えて、わたしがいつも先生の面影を直樹の中に探しているからだと思い至る。二人の共通点は幼さの残る目で、そこばかり見ている限り、わたしの中の直樹も先生もいっこうに年を取らない。

でも、ふと視線を首から下におろすと、そこには大人の身体がちゃんとついている。小さい頃の直樹を、わたしは先生に見せてもらった写真でしか知らない。だからはじめて抱かれたときに、わたしの鼻が直樹のあごのあたりだったことを、ひどく意外に思ったものだ。

「外に出てて大丈夫？　船酔いだったんじゃないの。すごい吐いてたし」

直樹が顔をのぞき込んでくる。

「大丈夫。船酔いじゃないの。これはね、マリッジブルー」

口をへの字に曲げて、それから泡立つ海面を見つめ、直樹はつぶやく。

「そういうのは、冗談でも」

「冗談なんかじゃないってば。わたしはちゃんと、認めてもらうつもりなんだから」

直樹は、すん、と鼻を鳴らした。

「だからね、それまでは直樹の姉。ちゃんとそう呼びなさい」

「わかったよ。……姉さん」

直樹は手でひさしをつくって、まだ頭上の青の深くに埋まったままの太陽を見上げる。わたしもその目をたどって空を仰いだ。四時間くらい前に空港のある島から船出したときも、陽はその位置にあった気がする。ここはほんとうに時間が止まっているんじゃないだろうか。東京は冬だったのに。先生の葬式では雪さえ降っていたというのに。

わたしがあの人を「先生」としてしか認識できないのは、母のせいだった。母子家庭だった我が家に、いつから先生が足繁《あししげ》くやってくるようになったのか、よく憶えていない。母は先生の教え子だったのだと言った。あなたも先生と呼びなさいね。幼かったわたしは、素直に母の言葉を信じて、言う通りにした。

先生はなにを教えてるの？　そうだな、小学校でいうと算数かな。先生は子供が好きなの？　いや、どちらかというときらいだ。じゃあどうしてうちによく来るの。我が家は飯が不味《まず》いんだ。そんな他愛もないやりとりをする先生とわたしを、母は藻が絡まった溜《た》め池みたいな目をして見つめていた。この娘はほんとうにきみそっくりだね。母に向かってそう言うときだけ、先生の目も同じ色になった。わたしがその意味を知るのはもっとずっと後、大学に入って直樹と二人きりになってからだ。ベッドの中で直樹の目をのぞき込んだとき、わたしはそこに映った自分の顔、自分の目に、同じ色を見つけた。愛欲の色だ。

わたしが中学に進み、手がかからなくなると、母はべつの男をつくってどこかに行ってしまった。わたしは、同じアパートに住む母の知人の女性たちに面倒を見てもらいながらずるずると学校に通っていた。先生が生活費を出してくれているのだろうな、ということは、たまに逢うときの話し方でわかった。無意識にわたしを呼び捨てにしようとして、気づいて言い直すのだ。

名前で呼んでもいいよ。

いや、だめだよ。

どうして。お母さんがいなくなったから、わたしの家族は先生だけだよ。

ちがう。

わたしそこまでばかじゃないよ。先生がわたしのお父さんだってことくらい。

おまえは馬鹿だ。そんなの忘れろ。

認めないの？

認めない。

よかった。

うん？

お父さんじゃないなら、結婚もできるよね。ずっといてくれるよね。血がつながってたって、お母さんはわたしを置いてっちゃったんだし、親かどうかなんてどうでもいいよ。ずっといてくれればいい。

先生が島のことを教えてくれたのは、そのときだ。おまえが結婚とか愛情とかにどんなつまらない幻想を抱いているか知らないが、そんなに大事に思っているなら、神さまに確かめてもらえばいい。

今こうしてわたしは、かつて先生を置き去りにしてしまったその島に、また近づいている。直樹が、かわりにわたしの隣にいる。

思うにわたしと先生の失敗は、血を否定したことだ。手足にからみついて邪魔だと思って切ったそれは、たぶん係留索だったのだ。そのせいでわたしは島を離れて海を漂い、日本まで押し流されて、先生を永遠に見失った。

だから直樹とは、離ればなれにならないように、たしかに姉弟でいなければならない。名前で呼ばせてはいけない。

「姉さんは、そこにずっとこだわるよね。呼び方とか」

隣で手すりに肘《ひじ》をのせ、直樹がぽつりと言った。

「忘れないようにしてるの。わたしたちが犯罪者だってこと」

「犯罪者じゃないよ。悪いことなんてひとつもしてない」

「じゃあ日本に戻って、みんなに言える？　わたしたちのこと」

「言えないけど……言う必要もないだろ。忘れちゃえばいいじゃないか。父親が同じなんてのは、べつにどうでも」

わたしに見つめられ、直樹は口をつぐむ。忘れられないことは、こうして視線を合わせるだけで思い知らされる。初対面でも、ほとんどの人はわたしたちが姉弟だと気づく。直樹の顔から先生を偲《しの》ばせる部分を差し引くと、残るのはわたしの面差しだ。

「忘れられないし、忘れちゃいけないの」

「なんで。だって、そういうの関係なく、認めてもらうために、その変な教会に行くんだろ？」

「そうだけど」

わたしは身を手すりに引っぱり戻し、船首を見やる。

「あのね。教会でいくら認められて祝福してもらっても、それはその場だけのまぼろしみたいなものなの」

「わかってたのか。僕が何度もそう言ったじゃないか。意味ないって」

「わかってた」

これだけ陽が注いでいるのに、寒さを覚えてわたしは自分の両腕を抱き寄せた。

「神父さんとか島の人とか、神さまとかが、なに言ってくれたって。東京に戻ったら、わたしたちはまた嘘ついて生きてかなきゃいけない」

「僕は船から降りないで帰ってもいいよ。馬鹿馬鹿しいよ、こんなの」

わたしは首を振った。

「島には教会の人以外にも、住んでる人がいっぱいいる。前に話したよね」

直樹の目がかすかに見開かれた。

「結婚は認められたけど、住んでるところに戻ったら絶対に不幸せになる。そう神父さんが判断した二人は、島に住むのを許されるの」

直樹は唇を不自然な形にゆるめたまま、わたしから目を離した。海と空の隙間《すきま》あたりを呆然《ぼうぜん》と見る。

「そんなこと考えてたのか」

やっと聞こえてきたのはそんな言葉だった。

「ごめんね。これ最初に言ったら直樹ついてこなかったでしょ」

直樹は黙ってしまった。

舳先にぼんやりした藍色《あいいろ》がまとわりついて、それが島影だと気づいた頃、ようやく直樹が口を開く。

「その教会の、扉が開かなかったら、姉さんはどうするの」

「開かないと思う?」

「さあ」直樹は風になぶられるままの前髪を手で払う。「開かないんじゃないかな」

「どうして」

「僕がどっちにしろ、そんな馬鹿馬鹿しいこと信じてないから。神さまって、信じてないやつにはなにもしてくれないだろ」

「前に来たときに、神父さんに聞いたの。だいたい島にやってくる人は、女の方が信じてて、男の方は信じてないことが多いんだって。それで同性愛の人たちは両方信じてることがほとんどだって」

「ふうん」

潮風が、気の抜けた直樹の答えをすぐに船のはるか後方へと運び去る。わたしの耳にはほとんど一瞬しか留まらない。

じゃあ、わたしは?

もちろん信じていない。もう何年も前に、先生とこの島に来て、神さまなんていないことを確かめてしまったからだ。

それでも。

「戻りたくない」

わたしのその声は、だから、直樹には届かなかったかもしれない。

「もう、戻りたくないよ。だれかにつつき回されて生きてくのはいや」

「僕もその、だれかになるかもしれないのに」

「うん。それでも」

先生がいない場所には、もう戻りたくない。

手すりをきつく握って血管の浮いたわたしの手の甲に、直樹の手がそっと重ねられる。指の形まで先生に似てきた。いや、似ているのではなくて、指先にまでわたしが先生の欠片《かけら》を探そうとしているのかもしれない。

やがて船の汽笛が高く鳴った。

4

汽笛が響く中、僕と姉が並んでもたれかかった手すりのずっと下の海面を、小さなボートがゆるゆると過ぎていく。真っ黒な肌の少年がボートの尻《しり》のモーターエンジンによりかかり、ぐしゃぐしゃの漁網に足を投げ出している。汽笛が鳴り終わった一瞬、麦わら帽子を指でほんの少し持ち上げて、海と同じ色をした目を見せた。

僕らをのせた船が大きく面舵《おもかじ》をとり、ボートの姿はあっという間に消える。汗ばんだ顔に塩辛い水しぶきが吹きつける。

もう、陸地がすぐそこに見えていた。

翡翠《ひすい》を溶かしたような海に、青白い三角形の影が浮かんでいる。グラニュー糖を海の真ん中にうずたかく盛って、下から海水が染み込むにまかせたような、頼りない輪郭の島だった。船が大きくカーヴを描きながら近づいていくと、島を縁取る真っ白な砂浜と、生い茂るモクマオウやココナツの樹《き》が見える。緑と白の境目にちらちらと見える黄色は、オオハマボウの花だろうか。一月だというのにあんなに咲いている。

言葉を途絶えさせたまましばらく黙っていた姉が、言った。

「そろそろ港だよ。荷物まとめよう」

僕が、うなずいているのだか首を振っているのだか自分でもよくわからないしぐさを返すと、「直樹のぶんもおろしておくね」と言ってキャビンに戻っていく。

僕は脇の下に手すりを深く挟み込んでだらしなくぶら下がり、浅瀬を迎えてゆるやかに明るくなっていく海面を見つめる。

ときおり、こんなことを考える。僕らがもし父親だけではなく母親も同じ姉弟だったとしたら、どうなっていただろう。二人とも今よりもずっと楽に生きられたんじゃないだろうか。

そもそも姉弟ではなかったら――という仮定は、不思議なことに浮かんでこなかった。僕と姉はもう、からみあった二本の楡《にれ》の樹のように、どうしようもなく結びついていた。このまま僕が船に残れば、僕らは切り離され、この島と日本との間の海には消えない流血の筋が長く長く引かれて残るだろう。

母が姉を引き取ったのは、僕らが高校二年生のときだった。父はその二年くらい前から別居していて、ただ母と僕が暮らしていくのにまったく困らないだけの金が振り込まれ続けていた。そんな父だったから、べつの女性との間に僕と同い年の娘がいるという事実そのものにはあまり驚かなかった。ただ、母がその娘を我が家に迎えて面倒を見ると言い出したことには仰天した。大量の荷物と一緒に引っ越してきた姉も、戸惑っているのがはっきりわかった。あなたはこの部屋を使いなさいね、と母が姉を案内したのは、かつて父の書斎だった部屋だ。あなたはずっと東京暮らしだったのでしょう、こんな狭い田舎町《いなかまち》は慣れないかもしれないけれど、せめてご近所に変な目で見られないように、あなたは高校に通うためにうちに下宿させている姪《めい》ということにしたから、話を合わせなさいね。

きちんと養子縁組までして姉を僕と同じ戸籍に入れたのは、あるいはいずれ僕と姉が交わってしまうという可能性を見抜いていたからかもしれない。

母の意図は、三人で暮らし始めてすぐに明らかになった。姉の持ってきた服が、日に日に一枚ずつ、鋏《はさみ》でずたずたに切り裂かれて姉の部屋の床に広げて置かれるようになったのだ。たいへんね、新しい服を買ってあげなきゃね。母はそう言って笑った。買ってきた服も端から細切れにされた。服だけではなく布団も同じ目にあった。姉の部屋は、何百匹もの鵞鳥《がちょう》を虐殺したあとのように羽毛でいっぱいになった。やがて紙類にも手がつけられた。教科書がまず標的にされたので、姉は学校のロッカーにノートも含めて置きっぱなしにするようになった。なにより恐ろしいのは、母がその手で切り刻んだ教科書を、わざわざそのつど買い直してくれたことだった。ただ鋏をふるうだけだったら、僕らはあそこまで恐怖しなかったかもしれない。雑誌や本もみんなやられた。写真も見つけ出されてしまった。姉と、その母親らしき女性が写ったその一枚を見て、母は「そっくりねえ」「一目で、だれとだれの間の子かわかるわ」と、まるで初孫を慈しむ老婆みたいな目をしてつぶやいた後で、鋏を取り出して姉の目の前でその写真を三十いくつかの細かい三角形にしてしまった。姉の部屋で、鋏が通りそうなものでなおかつ無事なのはカーテンだけだった。母は恐ろしいまでに一分の隙もなく世間体を保ち続けたのだ。姉は怯《おび》えて僕の部屋で眠るようになった。真夜中、壁を隔てて、母が部屋の畳に鋏を走らせる不気味な音がずっと聞こえていた。警察や民生委員にどうにかしてもらうことも無理に思えた。なにしろ、姉の身に実際になにか被害があったわけではないのだ。母の復讐のストイックさは、まるでそうしていると姉を通してその母親である女に——夫を奪った相手に憎しみが届くとでも考えているかのようだった。ちょうど虫眼鏡《むしめがね》で黒い紙を焦がす実験のように、姉というレンズには指一本触れずにただ濃密で均一な悪意を浴びせ続け、その向こうのどこかに収《しゅう》斂《れん》させようとしているみたいに。でもその悪意は現実には部屋の畳を傷つけ続けただけだった。

「ばかみたい。先生も、もうお母さんと一緒にいるわけじゃないのに」

僕の部屋で、僕に抱きついて震えながら、姉はそうつぶやいた。

逃げ出さなきゃいけない、と僕は思った。ぼんやりとカメラや時計やギターのカタログを眺めながら音楽を聴くばかりのつまらない生活を投げ出して、受験勉強を始めた。姉は模試で東京の国立大にほぼ合格確実な成績を出していたので、僕もそこに願書を出した。アパートは、二次試験を受けるために上京したときに二人で探した。母が後生大事にしていた世間体がこのときようやく僕らの役に立った。あそこの家の息子が東京の国立に合格したらしい、さすが大学教授の子だ、なんていう噂は隣近所に大々的に広まっていて、僕らの東京行きを認めないわけにはいかなかったのだ。父が教授だというのもアメリカの大学に赴任中だというのも母が苦労して積み上げた嘘だったので、このまま姉を無理につなぎとめて復讐を続けていたら、そのうち砂の城のどこかに穴があいて崩れてしまっていただろう。

僕と姉は十八歳の春に、国分寺市《こくぶんじし》の隅にあるアパートでひっそりと暮らし始めた。

「お母さんと暮らしてた頃みたい。直樹の家は広すぎて落ち着かなかった」

姉はそう言って嬉しそうに荷ほどきをする。

「マンションに二人で暮らしてた頃は、先生がよく遊びに来てくれた。あの頃がいちばん楽しかったな」

先生の話をよくするようになったのは、母が視界から消えたせいだろう。僕はどうしても、姉がいつもはにかみながら口にするその先生という人物と、父とが重ね合わせられなくて、姉に訊いてみた。

「姉さんのいつも話す『先生』は、どこにいるの？」

そこで僕は、島の話を聞いたのだ。

太平洋の真ん中に浮かぶ不思議な島。どんな愛もゆるされる島。

「わたしだけ帰ってきたの。先生は島に残った」

「親父は、姉さんの母親と逃げたんだと思ってた」

僕の声はからからに干からびていた。

「ううん。お母さんはべつの男の人とどこかに行っちゃった。だから、先生はわたしのものにできると思ったのに」

「どうして。ひとりで、帰ってきたの」

そのまま二人で、消えてくれれば。

僕は、母の狂気の破片がまばらに浮かんだ、ゼリーの海みたいな生活の中に、ずっといられたのに。

「二人とも、見つけられなかったから。教会の扉も開かなかったし」

愛を？

それってそもそも見つけるものなのか？　海を隔てて離ればなれになって頭を冷やしたところで答えが出る類のものなのか？　色んなものが一緒くたに引き裂かれて、あちこちに血とか肉とか骨が飛び散るだけじゃないのか。

「でも、もういい。直樹がいるから」

姉はそう言って僕の顔を両手で包み込む。僕の中で『先生』と父が重なって、もう目をそらせなくなってしまう。だって僕らの血に、その面影が刻み込まれているからだ。その夜、姉は僕の顔に冷たい指を這《は》わせて、ときおり「先生」「先生」と寝言を口にした。はじめて僕は父を、殺したいほど憎いと思った。

けれどその憎しみはすぐに、もっと現実的な恐怖で塗り潰されてしまう。母が僕らをそっとしておいてくれるはずがなかった。日に二百回も電話がかかってくる。僕らは電話線を引っこ抜いたままにしておくことにする。次には、ずたずたに切り裂かれた新品のダウンジャケットや毛布が箱詰めにされて宅配便で送られてくる。

「どうして放っておいてくれないんだろう」

真夜中、僕の腕の中で震えながら姉はつぶやく。

「今度は直樹を奪ったからかな」

「奪った、なんて」

「奪ったの。直樹はもう、わたしのものなの」

そういうふうにしか人と関われないかわいそうな女たちと、遠く海を隔てたどこかの島に取り残されながらもその女たちの真ん中に囚《とら》われた父を、僕は心底あわれに思った。でも、僕だってそいつらの間のねとねとした暗闇《くらやみ》からにじみ出てきたひとしずくなのだ。

僕と姉は、なるべくアパートには帰らないようにして、大学構内にこっそり寝泊まりしたり、別れ別れになって知り合いの下宿を泊まり歩いたりした。月曜日は母が心療内科に通う日であると知っていたので、週に一度だけ僕らはアパートに戻った。帰宅するたびに玄関のドアに引っ掻き傷が増えているような気がした。

「実家に戻るよ」

僕は何回目かの月曜日に言った。僕らはアパートのベッドの上で、ずたずたに切り裂かれた靴を挟んで向かい合っていた。外に干しておいたのがいけなかったのだ。

「大学もやめる。そうすればあの人も、もう姉さんのこと追い回さないだろ」

「だめ」

姉は僕の両方の手首を握りしめた。指先が白くなるほどきつく。

「置いていかないで」

僕は姉の目の中に、その島が浮かぶ海の色を見つける。

そうして気づく。姉が『先生』を置いてきたのではなく、『先生』が、姉を置いて、そのいびつな楽園に閉じこもってしまったのだということ。

ほんとうに、だれもかれもどうしようもなかった。だから僕はその夜、姉と寝た。はじめての相手が異父姉だという事実も、姉の美しくて細やかな肌も、ぞっとするほど戸惑いなく入っていけたことも、すべてが僕の産まれる前に決まっていたことみたいだった。僕らは週に一度、必ず月曜日に、そのグロテスクで甘い交わりを繰り返すことになった。そうしていなければ、姉は僕を、僕は姉を、たちまち失っていただろう。そのつながりは二年間続いて、二十歳の冬に唐突に終わった。

遠い島から、父の訃報《ふほう》が届いたのだ。

船が大きく揺れた。僕は手すりに肘をぶつけてしまう。

古ぼけた小さな漁船が何艘《なんそう》かつながれている。それに比べれば僕らが乗ってきたこの船は豪華客船といっていい。港におりてすぐのところに立ち並ぶあずまやとテーブルが見える。真っ黒に日焼けした何人かが手を振っている。舫《もや》い綱《づな》が投げられる。

「直樹！」

僕を呼ぶ声がした。

「荷物、わたしひとりじゃ持てないってば！」

僕は手すりの向こうで揺らめく海に背を向ける。

こんな蜃気楼の島で、いったいなにを見つければいいんだろう。父の遺《のこ》したなにかがあるのだろうか。それとも、あの崖《がけ》の上にのっかった綿菓子みたいな教会が、僕らになにがしかの有意義な答えをくれるんだろうか？

階段口から、姉がもう一度姿を現す。

他のなにもかもが宿命的な不可抗力だったとしても、この美しさを保ち続けたことだけは、間違いなく姉の罪だ。たぶん姉は、目にするすべての鏡とガラスを叩き割って、狼《おおかみ》のように生きるべきだったのだ。

でも、もう遅い。僕らはもうすぐ、楽園に足を踏み入れてしまうのだから。

5

船が港に入って完全に停止したとき、ようやく咲希を置いていく決心がついた。

「上陸手続きしてくる。ここで待ってろ」

俺が言うと、咲希は戸惑った目でうなずき、キャビンに並ぶ長椅子《ながいす》の端に腰を下ろした。置いていかれると勘づいたわけでもないだろうが、俺の語調が冷たく素っ気ないのに不安を覚えたのかもしれない。

俺はそのまま階段を上がって甲板に戻り、波止場に渡った。一緒に乗っていた若い男女が、さっさと陸の方に歩き出す俺を訝《いぶか》しげな目で見ている。咲希の連れだということは船で見ていて知っているのだろう。俺はかまわず、波止場の際に建てられたドーム型聖堂風の小さな建物の戸をくぐった。日陰でだいぶ涼しくなるのは乾期だからだろう。俺が以前来たときは夏の盛りで、スコールさえぬるま湯だった。

「ウィイカメェエン！」

建物に入るなり、カウンターの向こうで肘をついていた色黒の若い男がそう言った。

たぶん「ようこそ」とか「こんにちは」とか「おまえはだれだ」とか「出ていけ」とかそんな意味の挨拶だろう。この島の人間の多くは八カ国語くらいが雑然と混じり合って産まれた奇妙な言語を喋《しゃべ》るのだ。もう一人、カウンターの脇で聖書を読んでいた中年の男は、歯を見せて笑った。俺は建物の中を見渡す。前に来たときの記憶とほとんど変わっていない。貧相なコンクリート剝《む》き出しの壁や切れたままの蛍光灯。黄ばんだパンフレットが百年も前から同じようにささっている錆びたラック。スポンジとスプリングの飛び出たソファ。おそらく港の管理局のようなものなのだろうが、この島の住人は自分の指の数すら管理できているかあやしいものだ。

「お連れさんはまだですかな」

中年の方の男がそう言いながら近づいてきた。こちらはシンガポール英語の発音をさらにおかしくしたみたいな喋り方だ。

「いや、俺ひとり」

「おひとりで真実の愛を探しに来られたのですか」

「ちがいますよ。ただの観光です」

俺はカウンターの上の用紙に名前などを殴り書きして若い男にほとんど投げつけるようにして差し出すと、急いで建物を出た。船で一緒になったあの白人の神父が、波止場を駆け足でこっちにやってくるのが見えたからだ。みんなあいつのせいだ。性欲が愛だと、そんな可能性を俺の中に注ぎ込んだ。つまり、神が間違っているのではなく俺が間違っている可能性だ。咲希を愛してなどいないという俺の自覚が、嘘である可能性。ひどく馬鹿馬鹿しいが、その疑いを振り払えなかった。

俺は咲希を思う存分犯すか、もう二度と触れないように離れるか、どちらかに決めてほしいだけだ。愛情だと認定してほしいわけじゃない。咲希を抱くときにあの華奢《きゃしゃ》な身体を気遣うことすらしたくない。できれば言葉さえも交わしたくない。

でも俺は、性欲と愛情を隔てるのが薄皮一枚だと知っていた。愛なんて一枚剝けばただの性欲だと、自作の中で何度となく書いてきた。愛を貶《おと》しめるためのそのレトリックを、あの神父は逆に使ったのだ。おかげでいま俺は、もし一緒に教会の扉を開いてしまったとき、咲希とどう接していいのかわからなくなっている。自分の中に、咲希を損ないたくないという感情が発生すること自体が気持ち悪い。

とにかく咲希から離れて、ひとりで考えたかった。この島は日本語が通じる人間が多いし、どいつもこいつも頭の中が愛であふれてるから、放り出しても大丈夫だろう。あるいは咲希がここであきらめて、船に乗ったまま帰ってしまえば、それはそれで助かる。俺はなにも決めないままに、けりがつくからだ。

外に出ると、再び陽光がうなじに粘りつく。帽子を深くかぶり、バッグを肩に引っかけると、真っ白な埃《ほこり》のたっぷりと積もった道を町の方へと歩き出す。

道の左右にはパンノキやネムノキが並んでいる。道ばたに落ちた木の実に蝿《はえ》がたかっている。歩くにつれて潮の香りが遠ざかり、ココナッツの青臭さと腐臭とが強まってくる。

何人かの男女とすれちがった。カルヴァン・クラインの真新しいシャツを着ている者もいたし、びりびりのサリーのようなものを身体に巻きつけている女もいた。それぞれ、右手を挙げたり十字を切ったり合掌したりと思い思いの挨拶をしてくるので、俺は機械的に同じしぐさを返した。

不思議なことにこの島には老人がいない。前に美鈴と来たときも、見かけた中でいちばん歳を食っていたのは神父で、それも五十はいっていなかっただろう。こんな離島でどうして老人を見かけないのか、うそ寒く思える。ほんとうに時間の流れがおかしいのかもしれない。すれちがうだれもが俺を見知っているように微笑《ほほえ》むのは、実際に二十年前にここに来たときに逢った連中だからかもしれない。俺だけが年を取って、やつらはこの楽園で、食っても食っても減らない愛を貪って永遠を生きているのかもしれない。

島は小さく、南北に細長い。幅はおそらく5キロもないだろう。港が南端にあり、そのまわりに百いくつの人家が集まっている。店もいくらかある。平らな土地は狭く、島のほとんどはジョガやタコノキやガジュマルが生い茂る山が占めている。斜面をたどって見上げると、緑の間に荒れ地やわずかな畑がある。

教会は島の東、海を望む切り立った崖の上だ。島で他に見るべき場所はない。あとは砂浜と海だけだ。みんな教会に足を運ぶ。だから、咲希もホテルで待っているか、俺を捜すとしたら教会まで来るだろう。愛を探すとしたらこんな場所まで来たのがそもそも間違いだ。あの神父の言うことが正しいとしたら、愛は銀座にも歌舞伎町《かぶきちょう》にもいくらでも転がっている。

からからに乾いた砂岩が転がる浜ぞいの道で、あの若い白人の神父に追いつかれた。日傘をさした長身の影が俺を追い越して目の前に立ちふさがる。

「娘さんを置いていくんですか！」

「死にゃしないでしょう。だれかしら、親切心を出して世話してくれるだろうし、なんならそのまま船で帰ってもいい」

「あなたはそれでも父親なんですか」

「ただ血がつながってるだけです」

神父は、蛙《かえる》を生きたまま丸呑《まるの》みしてしまったみたいな顔になる。

「ここは倫理がぶっ壊れた楽園なんでしょう。産ませた責任どうこうなんて言わないでくださいよ。それに俺が連れてきたわけじゃない。ここに来ようって言ったのは咲希の方です」

「血の話だけじゃありません。血がつながっていたら心もつながるでしょう。神がそう造られたはずです」

「それじゃあ俺はたぶん神さまがハンダ付けかなにかを失敗したんでしょうよ」

「あなたはなにかにつけて短絡する傾向があるようです」

俺は道の脇に転がっている、うずくまったゴリラのミイラみたいな形の砂岩に腰を下ろした。尻が焼けそうに熱かった。

「そういう商売なんです。脈絡のないものを言葉の上でだけつなげる。その間からなにが湧《わ》き出てくるかっていうと、銭です。ほんとうに大事なことは書きません。銭にならない」

「大事なことを書くのが小説家の仕事だと思っていました」と神父は言った。白い日傘が照り返す強い日差しのせいで、表情はよく見えない。我慢してこちらの話につきあっているのだろうか。それとも、俺を啓蒙《けいもう》しようと無駄な汗をかいているのだろうか。

「あんたハンバーガーは食べますか？」

俺は唐突に訊いてみた。日傘のつくる薄い影の中で、神父はもう手持ちの笑い方を使い果たして困っているみたいに見えた。

「セントルイスに留学したときに、店を見たことはありましたが、食べたことは」

この島で生まれても、外に勉強しに行くやつもいるのか、と俺は意外に思う。だいいち教会だの神父だのとそれらしいふりをしているが、ちゃんとしたキリスト教にはとても思えない。しかしそれは放っておいて話を続ける。

「俺は売れない頃によく食っていました。真夜中でも店が開いてるんでね。そこで、バーガーパティのできるまでを描いたビラを見たことがあります。こんな素晴らしい牧場で育った牛が、こんな清潔な工場で加工されて、こんなに注意深く冷凍配送されてお店に届くんですよ、っていうやつです。そのルートのどこにも屠殺場《とさつじょう》は書かれていなかった。なぜならそれは物語だからです。いいですか、小説家は、ほんとうに大事なことは書かない」

分厚くのしかかる陽光の下で、神父はしばらく口を引き結んで考え込んでいた。それからようやく言う。

「書かないのは、それがなにより大事だと、知っているからですね」

言葉遊びの巧い神父だった。俺よりも作家に向いているかもしれない。日本語も流暢だし。でもそんなことは口にせず、うなずくだけだった。相手も、港の方に顔を向けただけだ。家々の屋根の向こう、島を縁取る目に痛いほどの白と、青と、その境目で揺れるいくつかの船影。

「教会に先に行っていると、咲希に伝えてください。しばらくひとりで考え事をしたいんですよ。戻るのも面倒だし。なんならあんたが教会まで連れてきてください」

若い神父は苦い顔をしていたが、やがて首を振ってため息をつき、優雅に一礼して、来た道を戻っていった。大きいカーヴの向こうに神父の姿が見えなくなったところで、俺も立ち上がってまた海岸沿いの道を歩き出した。やがて道は浜を離れて坂になり、峠林の中に入る。教会のある島の東海岸は切り立った崖なので、海伝いには行けず、峠道を通らなければいけないのだ。まわりに草木が増えると、暑さはまるで、耳の穴にまでたっぷりと注がれた蜂蜜《はちみつ》のように濃く感じられてきた。踏み固められた細い山道の左右には背の高いシダが生い茂り、その合間には炎のような色と形の花が、垂れた木の枝にびっしりと咲き誇っていた。

やがて左手に脇道が現れる。ややきつい勾配《こうばい》で、島の真ん中に向かっている。美鈴と来たときはここをいったん曲がったのだったか。あいつはすぐに教会に行こうとしなかった。せっかくだからハネムーン気分を味わいたい、観光もしたい、山の上に行ってみましょう、発電所があるんですって、などと言って俺を引っぱっていったのだ。たぶん、さっさと結果が出てしまうのが怖かったんだろう。扉が開かないのを薄々予期していたのかもしれない。それはそうだ。愛されているのは感じ取るのが難しいけれど、愛されていないのはすぐにわかる。だれの言葉だったっけ。これも俺かもしれない。

足場の悪い坂道を歩いていると、すぐに足も喉も痛み始めた。俺はバッグから水筒を取り出したが、水が喉に入っていかないので、しかたなく顔と首筋にかけた。それもすぐに乾いて、先ほどよりもいっそう強い草のにおいが頭を包み込む。暑さも汗もなぜか非現実的に感じられる。切り開かれた畑の端に出たところで、その理由に思い至る。蟬の声がないからだ。季節のないこの島は、騒がしさやせわしなさといったものにまったく縁がない。

再び道が林に分け入っていくところで、山頂の方からやってくる二つの人影が見えた。そろいの真っ白なゴルフシャツとハーフパンツを着けた白人の男だった。手前の男は三十歳くらい、その後ろの少年はローティーンだろうか。どことなく顔立ちが似通っているから、年の離れた兄弟か、あるいは叔父《おじ》と甥《おい》かもしれなかった。

年上の方が、ひとりなのか、と綺麗《きれい》なクイーンズ・イングリッシュで訊ねてきた。非難するつもりではなくただの好奇心である、という雄弁な笑顔つきだ。

「ひとりですよ。十五年前に来たときは神さまが扉を開けてくれなくてね」と俺は答えた。「そのときの教訓を生かして、今度はひとりで来ました。なんといっても、俺はたしかに俺自身を愛しているからね」

二人はびっくりして顔を見合わせた。俺の発音が下品だったから、聞き間違いだと思ったのかもしれない。

扉？　と、少年の方が怯えた口調で訊いてくる。

「まだ教会には行っていないんですか？」

先に発電所を見物に行ったのだ、と年上の方が答える。

どうせ教会に着けば神父が同じことを教えてくれるのだろうが、俺は教会の扉が開かなかったときのことを説明してやった。二人は最初のうちは不安そうに聞いていたが、二人がほんとうに愛し合っているかどうか試しているらしいと言うと、ほっとした顔になる。なるほど、簡単に判別できるものだ。二人が安堵《あんど》するタイムラグを見ればいいのだ。一秒以上ずれていたら扉を開けなければいい。俺にも神父ができるかもしれない。

あなたにも真実の愛が見つかりますように。別れ際に少年の方がそう言った。そのまま微笑んでいる間はずっと夜が来ないのじゃないかと思えるほど素敵な笑顔だった。

俺はぶっきらぼうに手を振り、さっさと背を向けて上り坂を歩き出した。

6

港におりてすぐのところにある、石灯籠《いしどうろう》の頭の部分みたいな形の建物の中で、あたしは父にもらった本を読みながらちらちらとあたりをうかがっていた。船長と、アロハシャツを来た真っ黒な肌の漁師らしき人が、カウンター越しによくわからない言葉でなにか言い合っている。やがてもう一人、三十代くらいの東洋人の神父が建物に入ってきた。漁師があたしを指さしてなにか言うので、どきりとして本を閉じる。

「ひとり？　あなた何歳？　子供がひとりなのですか？　付き添いがいない？」

日本語だった。あたしは首がちぎれそうなくらい何度もうなずいた。十四歳、とからからに乾いた声で答える。最後にひとりでこっそり下船したら、ちょっとした騒ぎになってしまったのだ。日本語がわかる人が来てくれたのは少し前進だったけれど、さあ、どうやってこの場をあたしひとりで切り抜けよう。

父はあたしを残していなくなってしまった、これから島を巡って父の足跡を辿《たど》ろうと思う、ひとりでなんとか大丈夫、と、身振り手振りも交えて必死に説明する。けっして密入国ではない。それから、一瞬迷ったけれど、バッグの中に手を突っ込んで、パスポートを取り出して神父の鼻先に突きつける。最後の手段だった。神父は目を丸くしてそれを受け取り、開いてあたしの顔と見比べる。

「サキ？　サキ・フジオカ？」

「イエス。イエスイエス」

思わずへたくそな中学生英語で返答してしまう。神父は大笑いしてパスポートをあたしの手の中にねじ込んだ。

「パスポートは要らない。ここは日本ですから」

今度はあたしが目を剝く番だった。

「だいいちそんなのじゃ密入国どころかレンタル店の会員証もつくれませんよ」

あたしはめちゃくちゃ恥ずかしくなってうつむき、パスポートをバッグの底、下着やシャツの下に押し込んだ。日本？　そういえば空港でもパスポート見せろなんて言われなかったけど、日本だってどういうこと？　神父はあたしをぼろぼろのソファに座らせて、この島の話をしてくれた。それはほんとうに奇妙な歴史だった。

この島はもともとはスペイン領で、メタニャと呼ばれていた。十九世紀末の米西戦争でアメリカに割譲された島だったのだけれど、アメリカのその後の調査で、なぜかこの島が見つからなかった。アメリカはスペイン側にだまされたと判断した。当時は海洋がまだまだ未知の領域で、そういう架空の島がでっち上げられることがよくあったのだそうだ。したがって、英語の名前はつけられていない。

そこまで聞いたところであたしは思わず、建物の外に広がっている、まぶしく陽を照り返す白と緑の風景に目をやる。それじゃあ、あたしがいるここは蜃気楼の上なのだろうか。

怒ったアメリカは、幻の島の領有権をスペインに突き返し、パリ条約を修正してカリブ海でさらなる領地を奪ったのだという。ところが半世紀後、太平洋戦争中にこの島が日本軍によって再発見されてしまう。日本側はここを津原ノ宮島と名付けている。米軍も兵を送り込むが、けっきょく戦闘は一度も起きなかった。伝染病で双方が倒れて、島ごと隔離されたからだ。

「伝染病？」

「今では、ただのインフルエンザだったのではないかと言われています」と神父は歯を見せて笑った。

戦後、この島の立場はきわめて微妙になった。アメリカにとってみれば、かつての仕打ちは完全な言いがかりであり、スペイン側に追及されれば、プエルトリコを返還しなければいけなくなるおそれさえあった。そこでGHQは一計を案じ、この島を日本領に組み込んでしまったのだという。つまり、スペイン領メタニャ島とはなんの関係もない、日本が独自に発見した島だと言い張ったのだ。万が一領土問題が発生するとしても日西間となるので、アメリカは面倒を避けられるという打算だ。一方、日本も悶着《もんちゃく》をおそれて地図にこの島の存在すら記載しなかった。津原ノ宮島という名前は軍部資料にのみ残り、民間レベルで定着したことはただの一度もない。

しかし日米の必死な画策はまったくの杞憂《きゆう》で、スペインでもこの島のことは完全に忘れ去られていた。平地が極端に少なく、滑走路がどうやっても建設できないことと、かつての伝染病の記憶が、三国からそろって爪弾《つまはじ》きにされた主因である。

かくして、名前のない島が生まれた。

あたしは神父と一緒に外に出た。山肌の緑も、家々も、その間を縫って続く白い砂地の道も、みんな空の青に直接塗り重ねたみたいだ。太陽の光が乾いた空気に染み通っていく音が聞こえそうな景色だった。父はまず、この蜃気楼の島のどこに向かっただろう？　やはり教会だろうか。

「ほんとうにひとりで大丈夫ですか。ぼくはこれから荷物の積み卸《おろ》しを監督しなければいけないので、お世話できませんが」と神父が訊いてくる。

「お金もあるし、大丈夫です」

あたしは肩にかけた大きなスポーツバッグをずり上げて胸を張った。

「ホテルは島にひとつだけ、あれです」

神父は、ココヤシの樹で囲まれた町の一角にある赤茶けた大きめの建物を指さす。

「ホテルでなにか情報が入るのを待つという手もあります。ぼくの手が空いたら、かわりにあちこち調べて」

あたしは首を振った。

「そのまま教会に行こうと思います。たぶんそこでパパに逢えるだろうから」

それから神父に背を向けて、骨色の道を歩き出す。

どうしてこの島に教会ができたのか。それは、教えてくれなかったし、訊けなかった。知ってしまったら、足下で蜃気楼が消えて、海に放り出されてしまいそうな気がした。

海辺から離れるにつれて、暑さはどんどん激しくなっていった。スポーツバッグも重たく肩に食い込んで、ストラップの下でにじんだ汗が肌とこすれて発火しそうだ。

街路に入っても、足下の砂利とでこぼこは変わらなかった。どの家にも塀はなく、背の高いヘゴやハイビスカスの垣根がそのかわりだ。灯《あか》り色の花がいっぱいに咲いていて、一月だということを忘れそうになる。レストランだかカフェだかの軒先で、青いパパイヤをナイフで削っていた若い黒人女性が、あたしを見かけて手を振ってきた。それから色んな響きの言葉を浴びせてくる。あたしは目を白黒させながらも、その中に「こんにちは」という響きをなんとか聴き取る。たぶん、どの言葉の挨拶が通じるのか試したのだ。

「こんにちは」

そう返すと、女の人は真っ白な歯を見せて近寄ってきた。

「日本人？」

訊かれてあたしはうなずく。ほんとに日本語わかる人けっこういるみたいだなあ、と安心してしまう。

「まだ戦争続いてる？」

戦争ってなんのことだろう。あたしがこうして一回呼吸している間にも、世界中でたぶん七万人くらいが殺したり殺されたりしているだろうけれど、いったいどの戦争のことだろう？　しばらく考えた後であたしは答えた。

「あたしの戦争は、まだ始まったばっかり」

黒人の女の人はにっこり笑って言った。

「敵は手強そうね」

あたしはあいまいにうなずいた。さて、あたしの敵はいったいだれなんだろう。父の心をいまだにつなぎとめている母だろうか。そんなわけはない。みんなあたしの妄想だ。もう、だれもかれもがいなくなってしまったのだから。蜃気楼が消えないうちに父を見つけられたら、あたしの勝ち。そういうことにしよう。その後のことは、ひとりきりの寂しい夜明けに、爪先を海にひたしてまた考えればいい。

「ひとりなの？」

訊ねられ、あたしは首を振る。

「ふうん。あなたの恋人はどこにいるの」

「たぶん、教会にいます。だから、これからひとりで山登り」

「いなかったらどうするの」と女の人はびっくりした顔になる。

「そのときは」あたしはさすがに胸を張って言えず、うつむいてしまう。「ひとりで扉を開けます」

「それは無理。神さまは、愛し合ってるかどうかを確かめるんだから」

それでも、ひとりでも開くはずだ。あたしは沈んだ心を蹴《け》飛《と》ばして言葉を探す。

「おねえさんが教会行ったとき、扉は開きましたか？」

「もちろん」と女の人はうなずいた。「そこで結婚したの」

「それじゃあ、たとえば」

屁理屈《へりくつ》を必死にこねているせいで、汗が止まらなかった。

「たとえば、旦那《だんな》さんともう一度教会に行って、それで、旦那さんには入り口のところで待っててもらって、お姉さんだけで扉を引いてみたら、開くんじゃないですか。心はつながってるんだから」

「夫はずいぶん前に死んだの」

「ごめんなさい！」

あたしは目まいをこらえながらも、垣根に額をぶつけるほどの勢いで頭を下げた。なんてひどいことを訊いてしまったんだろう。でも、その女の人はたんぽぽの綿毛みたいな声で笑って、あたしの肩を手でぐっと持ち上げる。

「でも、そうね。あの人は今でも、ここにいるから」

つやつやのコーヒー豆みたいな色の肌をした自分の胸を指さす。

「開くといいね」

あたしはぶんぶんうなずいた。

「そうしたら、扉の向こうで、あの人にもう一度逢えるかもしれない」

遠い目になったその女の人に、あたしはおそるおそる訊いてみる。

「扉の奥って、なにがあるんですか」

「それは、教えてはいけないことになっているの」

唇に指をあててそう答えるので、あたしは肩を落とす。

「でも、心配しないで。ぜんぶある」と彼女は笑った。「あなたが失ったもの、求めてるもの、ぜんぶ」

あたしは力なく笑い返した。それは、父に教わったことと同じだ。父が前にここに来たときも、そう教えられたという。だれに訊いても同じことを答える。失ったものすべてがそこにある、と。

あたしはその黒人女性に手を振って、乾ききった砂まみれの道を歩き出す。潮騒《しおさい》は、ざらざらした自分の足音にまぎれて、やがて聞こえなくなる。

7

ホテルを出てからもう一時間以上たっていた。大きい荷物は部屋に置き、小さいリュックサックは直樹に持ってもらい、身一つの歩きやすいかっこうになっているのに、わたしは山道に入ってすぐに息が切れてきた。熱い空気を吸い込むたびに、草のにおいに胸が焼ける。島の静けさのせいで、自分のいがらっぽい呼吸音がひどく耳障りに聞こえる。しばらく息を止めてみても、凝り固まった沈黙が漂うだけだ。ほんとうにこの先に発電所があるのだろうか。

ホテルの支配人に聞いた話だ。教会とそりが合わなくなった者、あるいは島の外にまだ未練のある知識層などが、島で唯一の電話がある発電所の付近に集まってコロニーをつくっているのだという。そこに、『教授』とか『先生』とか呼ばれる日本人の男が住んでいた、ということも教えてもらった。その情報を頼りに、こうしてわたしたちは教会への道から一本外れて、島の中心部に向かっているのだ。先生の遺体は日本には戻らなかった。この島に埋葬されたという。だからせめて、最後に暮らしていた場所を見るために。

から、と煤けた音がして、顔を上げると、ずんぐりした二頭の山羊《やぎ》が切り株だらけの斜面を下ってきてわたしたちとすれちがうところだった。鳴っているのは首にくくりつけられた素焼きの鈴だ。だれかに飼われているのだろう。

「山羊は、どこにでもいるね」

直樹がわたしのすぐ後ろでぼそりと言った。

「どこでも育って、たくさん殖えるから、野生化すると島ひとつぶんの森を根こそぎにしちゃうんだって」

「そう」

わたしは立ち止まって息をつきながら、墨でごわごわに固まった筆先みたいな山羊の尻尾を見送る。

「大学で、農学部の先輩に見せてもらったことがあるんだ。どこかの機関が選んだ、環境破壊生物ワースト100みたいなリストがあってさ、僕らがよく知ってるのもいっぱい選ばれてた。山羊、猫、豚、ハツカネズミ。みんな、よく食べて、よく交尾して、よく産む生き物ばっかりだった」

直樹がなにを言っているのかよくわからず、わたしを追い越して坂道をゆっくりのぼっていくその横顔を目で追いかける。

「僕はそのリストを何度も何度も探したけど、『人間』は載ってなかった」

わたしは唇を噛《か》んで自分の膝《ひざ》を拳《こぶし》で叩き、直樹に遅れないようにと足を進めた。シャツの背中にねっとりした汗が広がるのがわかった。

「わたしたちがこの島に住んだら、たくさん殖えて、草も木も花も食べ尽くしちゃうと思うの？」

「うん」

直樹は怒っていた。こちらに顔も向けてくれないけれど、それがはっきりわかった。島に留まるつもりだとわたしが言ってから、ずっとそうだ。先生の話なんてするべきじゃなかったんだ、とわたしは思った。今、わたしのそばにいてくれるのは直樹だけなんだから。

「僕だっていつかいなくなる」

直樹が言った。その足はますます速まっている。

「そうしたら姉さんはどうするの。だれを隣に置いておく？　子供が男の子だったらそいつと結婚すんのかな。僕の子なら、『先生』によく似てるだろうし」

わたしは、林が再び深くなる際で立ち止まった。腹を両手でおさえ、離れていく直樹の背中を呆然と見送る。直樹は木々のつくる光の粒混じりの影の中で振り向く。

「いつから知ってたの」と、わたしはひどく間の抜けたことを訊ねてしまう。

「僕はそこまで馬鹿じゃないし、そこまで姉さんを想ってないわけでもない」

わたしは顔を伏せる。耳が熱くなる。二年も一緒に暮らしていたのだ。実家にいた期間を含めれば、もっとだ。わたしの肉体のことだって、ほとんど知っている。どうして妊娠を隠しておけるなんて思ったんだろう。

「そうやって、『先生』によく似た子供をいっぱい産んで、島のものをみんな食べ尽くしたらどうするの？　『先生』に似なかった子供を殺して食糧にするのかな」

「やめて、直樹」

「ごめん。冗談だよ」

そう答える直樹の表情は、影の中でよくわからない。直樹のまわりにだけ夜が来てしまったみたいだった。

「早く行こう。発電所に着く前に日が暮れたら大変だよ。明かりなんて持ってきてないんだし」

そう言って直樹は踵《きびす》を返し、さっきよりはずっとゆっくりと、上り坂を歩き出す。

わたしも足を踏み出そうとして、肋骨《ろっこつ》がねじ切れそうなくらい動悸《どうき》がきつくなって、呼吸もうまくできないのに気づく。膝を折り、前屈《まえかが》みになり、焼けた土に手をつく。

足音が戻ってきて、わたしは顔を上げる。すぐ目の前に手が差し出される。わたしが戸惑っていると、直樹の腕はわたしの脇の下に滑り込み、そのまま引き起こす。

「悪かったよ。おぶっていこうか。ああ、いや、お腹を圧迫しちゃいけないのかな」

唇を噛みしめ、目を伏せ、肩を借りて、歩き出す。陽光をいっぱいに吸い込んだ象《ぞう》牙色《げいろ》の砂が、足下を流れ過ぎていく。

直樹が優しいから。

わたしは、ここまで来てしまった。

母がわたしを忘れて、先生がわたしを拒んだ時点で、あきらめて手首でも切ればよかった。直樹になんて逢わなければよかった。みんなわたしが、いのちと体温にしがみついたせいだ。

登っていくにつれて、肌に触れる空気が少しずつ柔らかくなっていく。日陰のせいか、それとも草いきれが落ち着いたせいなのかはわからない。やがて、島を覆い尽くしていた静寂に、低いうなりが混じり始める。発電所が近づいてきたのだろうか。

勾配がゆるやかになり、行く手に重なり合った木々が徐々にまばらになって林の中に明るさが戻り始めた頃、直樹がわたしの耳元でふと言った。

「『先生』は、ほんとうにこの島に残ったの？」

「え？」

「だって、扉は開かなかったんだろ。島に残るのは認められないんじゃないの」

思いがけず広いその肩にすがりつきながら、わたしは直樹の横顔をじっと見た。先生とわたしが教会にたどり着いたとき、扉は開かなかった。わたしたちは港に戻って、やってきた船にわたしだけが乗せられた。先生がその後どうしたのか、もちろんわたしは知らない。でも、たしかに直樹の言う通り、教会が愛を認めなければ島には残れないはずなのだ。言われるまで、一度も疑問に思わなかった。あのとき、船尾の手すりにしがみついて見つめ続けた先生の後ろ姿が、わたしの中にあまりに強く焼きついていて。

それじゃあ先生はあの後、たとえば次の船便で島を出たのだろうか？　いや、そんなはずはない。だって、この島で亡くなったのだから。

「ほんとにこの島で死んだのかな」

直樹の言葉が、わたしの血管のどこかに引っかかる。

先生はほんとうにこの島で死んだのか、だって？　それでは、報《しら》せてくれた教会の人が嘘をついていたとでもいうのか。

けれどたしかに、先生の死を確かめた者はいない。わたしは訃報を聞いて一ヶ月くらいは茫然自失《ぼうぜんじしつ》していた。直樹の母親は、まるで先生の存在そのものをなかったことにしたいかのような手際の良さで葬式その他もろもろを片付けてしまった。百出《ひやくしゆつ》したはずの面倒ごとをどうやってさばいたのか、わたしはまったく知らない。疑問に思う余裕すらなかった。

「だから、僕はそれが知りたくてここに来たんだ。姉さんのために、ただついてきたわけじゃないんだよ」

直樹の声も、少し息切れしている。

「たとえば、いくつか考えつく。姉さんを追い返した後、島でだれかべつの女を見つけて、もう一度教会に行ったのかもしれない」

わたしは無意識に、直樹の胸に回した手にきつく力を込めていた。先生が、ここでべつの女と。たとえば夫を亡くした住人と？　そうして、その二人で神さまに認められるほどの愛を筍《たけのこ》みたいな勢いではぐくんだ？　そんな。

「ただの推測だよ。どうかわからない。とにかく僕はあいつのことを全然知らない。父親なのに、なんにも。たぶん姉さんの方がずっとよく知ってる。どんな人間だったのかなんてことは今さら興味ない。どうせ嘘ばっかりで生きてたやつだ。でも、あいつが僕の人生をつまりどんなふうにねじ曲げたのか、僕のこの憎んでる気持ちが正しいのか、それだけは確かめたいんだ。ねえ、僕はあいつが生きてるんじゃないかとすら思ってるんだよ」

先生が、生きている？

わたしがはっとして直樹の顔をもう一度見ようと首をひねったとき、日陰が途切れて、陽光が再びまぶたに突き刺さった。細長い影が空の高いところから振り下ろされて、光を束の間さえぎる。何度も。何度も。

いつの間にかあたりを取り巻いていた風の音の中で、わたしと直樹はしばらくの間、寄り添ってそれを見上げていた。林が尽きたその場所からなだらかな下り斜面となって広がる緑一色の草地に、巨大なポールがいくつも建ち並び、真っ白な三枚羽の風車がゆっくりと空の青をかき混ぜていた。

8

風車の高さはおよそ三十メートルだというが、実際にその足下の草地を歩きながら見上げてみると、東京あたりからでも肉眼で見えるのではないかと思うくらいに威圧的な大きさだった。俺は一基の下を通るたびに、たっぷり十五秒ほどは回転する羽を見上げた。案内役の少年が振り向いて苦笑する。

「日が暮れちゃいますよ。風車を見るのははじめてなんですか」

「日本のどこぞの観光地で、子供が息を吐きかけても回りそうなしょぼいやつは見かけたけどな」と俺は苦笑を返した。

風車は全部で十基あり、島の電力のすべてを賄っているという。前に美鈴とここに来たときは、遠くから風車が回るのを眺めているだけで怖くなって、すぐに来た道を戻って教会に向かったのだった。けれど今回は俺ひとりで、おまけに草地の入り口でこの少年やその両親に出逢ってしまった。父親は台湾出身の四十歳くらいの精悍《せいかん》な男で、口ぶりからするにかなりの資産家だったらしい。その妻はタイ人で、おそらくはムスリムだった。少年はこの島で生まれ育ったのだという。町での生活になじめない者たちが、発電所の近くで暮らしているとのことだった。

ひとりなのか、と父親の方に訊かれた。いつも訊かれる。たぶん置いてきた咲希も、もう五百回くらい同じ質問をされているだろう。

見ての通りひとりだが、この島では孤独が罪らしいね。どうやったって神には認められないのだから、島にいる資格すらないのだろう。そう答えると、母親の方が首を振った。いいえ。ひとりであっても、教会の扉を開けた方が、かつていたのです。俺は今こうして少年に連れられ、そのひとりで扉を開けたという男の住んでいた家に向かっている。

「町に住んでいると、勉強ができないんです」

少年は実にきれいな日本語で喋る。

「このへんに住んでいるのは物知りな人ばかりだし、本や雑誌もたくさんあります」

「島の外に行こうとは思わないのか」と俺は訊いてみた。

「そのうち学校にも行ってみたいです。神父さんに色々教えてもらって、興味が湧きました。ぼくも神父になりたいんです」

「この島の教会で？」

「はい。でも神父はそのつど二人しかなれないんです。教会を管理する方と、その弟子で、町や島外とやりとりをする方です。教会管理者が亡くなると、弟子が次の管理者になって新しく弟子をとる。機会は少ないです」

武術の流派みたいな仕組みだった。ほんとうにキリスト教なのか、という疑いがまた頭をもたげる。

「もしおひとりでも教会に認められるとなったら、どうするんです？　島に住むのですか」と少年が歩きながらこちらを見る。俺はしばらく黙り込んで足を進める。

今こうして案内してもらっているのも、単純に好奇心からだ。教会に認められたいとも、この楽園で愛に溺《おぼ》れて残りの人生を使い潰したいとも思っていない。

「そもそも認められたいわけじゃない。ただ、扉の向こうになにがあるのか見たいだけだよ。前に来たときは見られなかったからね」

「父も母も、教えてくれませんでした。ただ、必要なすべてがそこにあると」

「信心深い人間の言いそうなことだな。どうとでもとれる言葉だ」

「あなたは信じていないのですか？」

「神さまが二人の愛を判断してくれるってことをか？　さあ。わからん」

置いてきた咲希に追いつかれたらどうするのか。俺がなにを怖《おそ》れて、なにから逃げているのか。自分でもよくわからない。しかしともかく、完全に信じないというのは、完全に信じるのと同じくらい疲れる。今の俺にそんな気力はない。ただ俺は、どんな答えでもいいからきっぱりと迷いの余地なく決めてほしいだけだ。咲希をこのまま犯していいのか。それとも二度と逢わないようにするべきなのか。あるいはそのどちらでもない、世界中の雲が蒸発して消え去るくらいに素晴らしくなにもかもが解決する選択肢を示してくれるか。

ああ、なるほど、と俺は思う。

これがまさに、人間が宗教に求めることじゃないか。つまり俺は、ほんとうに神を求めてこの島に来たわけだ。笑ってしまう。

「あそこです」と少年が言った。俺はいつの間にか足下の緑だけを見ていたのに気づいて顔を上げる。

風車の巨大なポールの白はとっくに視界から消えていた。発電所の草地を横断してしまったらしい。草の間に灌木《かんぼく》が目立ち始め、再び林が閉じる際に、小さなコテージが見えた。赤茶けた瓦《かわら》葺《ぶ》きの屋根に、ペンキの浮き上がった白い壁。大きなベランダに出された一本足のテーブルと二つの椅子は、どれも土埃で汚れている。コテージを囲む崩れた花壇ではプルメリアやブーゲンビリアが咲き狂っていて、いっそう寂しく見える。

　中は意外にも快適そうだった。小さなコーヒーテーブルひとつの居間に、薪《まき》を使うキッチン。水道からはきちんと水が出た。もう一部屋は寝室兼書斎だったらしく、古いテーブルスタンドが机に置きっぱなしになっていた。黄ばんだベッドにはさすがに触る気も起きなかった。大きな書棚があったが、並んでいるのは様々な言語の聖書と宗教研究書、古い地図、数学や電工関係の技術書だけだった。聖書以外はみんな日本語だ。

「その人は日本人だったのかい」

　俺は部屋の入り口に立ったままの少年を振り返って訊いた。

「はい。ぼくはもちろん逢ったこともないのですが、もっとずっと年上の人たちは、教父さまから直接日本語を教わったそうです」

「ふうん」

　机の真正面の壁に、奇妙なものを見つけた。木の板に浅く浮き彫りにした十字架だ。素人《しろうと》の手作りらしく、彫り方がひどく荒い。図案もシンプルだった。十字架の交差点に数字の「2」、離れた上の方に「1」。他に装飾はいっさいない。

「珍しいイコンだね」

「ああ。それは、教父さまの考えを端的に図案化したものなんです」

「へえ」

数字しか書いていない宗教画はさすがにはじめて見た。どういう意味だろう。

「又聞きの又聞きくらいですから、正確な表現はわかりませんけれど、教父さまは、数字の1が神を、2がイエス・キリストを表すのだと言っていたそうです」

「それは、三位一体の第一位と第二位ってことかい」

「いえ」

少年は俺の隣までやってくると、机越しにあからさまな敬虔《けいけん》さをたたえた視線で、木版の十字架を見つめる。

「素数、というのはご存じですか」

素数？

「2、3、5、7、11……」

「はい。他に約数を持たない素数は、孤独な数字です。教父さまは孤独をなにより怖れていました」

俺はなかばあきれて、さっきまでは触れもしないと心に決めていたはずのベッドに無意識に腰を下ろしていた。その男、どうやらかなり奇矯な人間だったようだ。

「素数は、ただひとつを除いて、奇数にしか存在しません。これもご存じですか」

「そりゃそうだ。そもそもの偶数の定義が、2で割り切れる——」

俺はそこで言葉を呑み込んで、もう一度その粗末なイコンの十字架の交点を見つめた。「2」が俺を見つめ返した。

「そうです」

少年の声がやけに遠く聞こえた。

「他のすべての偶数は、2があるために。その、最初の偶数であり、最初の素数である2が存在するために、定義から孤独を免《まぬか》れているんです。2が、偶数すべての孤独をかわりに背負って、人々の先頭に立ち、十字架にかけられたゆえに」

俺は木彫りのアラビア数字で示されたイエス・キリストから、目を離せない。どんな偶数も、その因数に2を含んでいる。その心の内に、イエスが。

「するとイエスは、せいぜい人類の半分しか孤独から救ってくれないわけか」

せいいっぱい吐き出した皮肉も、声が震えていた。口の中が渇き、無性に煙草が吸いたくなった。

「そうですね。教父さまも、キリストがだれもかれもの救い主だとは考えていなかったといいます。現に、孤独な人たちは世の中にいっぱいいるんでしょう？　この島にだっているんです。ここでは若くして死ぬ人が多いですから」

「いくらでもいるよ。そうやってひとりで死んでく。その人の屁理屈を借りるなら、素数が無限に存在することはすでに証明されてる」

「はい。でも、素数の約数は、たったひとつではありません」

少年の指先が、十字架の中央からゆっくりとその上空の「1」に移される。

「自分自身と、もうひとつ、1はすべての整数の約数です。人はみな、孤独ではないのです。多くの孤独を背負って磔《はりつけ》にされたキリストさえも、そうだった」

その中に、神がいたから。

俺はベッドから少しだけ腰を浮かせ、尻ポケットの新しい煙草を取り出す。一本くわえて火を点けると、頭が締めつけられるようにしびれ、白と青の煙の中で、部屋と少年の姿が揺らめく。

「その人は数学者かなにかだったのかい」

「わかりません。でも博識だったそうですから、学者かもしれません。この発電所のメンテナンスをみんなに教えたのも教父さまだとか」

俺は大きく煙を吐き出した。頭のいいやつが手すさびに考えついた、巧いたとえ話だ。それだけだろう。イエス・キリストだってたとえ話だけは巧かった。

「それで、そいつはこのなかなか素敵なコテージを放り出して、どうしたんだ」

「ですから、教会に行って、ひとりで扉を開いた最初の人になりました」

「ああ、そうだったな」

なんにでも最初の一人ってのがいるものだ。そいつが孤独だったのは間違いない。この部屋を見ているだけでわかる。空気そのものが死んでいる。俺はこういう部屋が好きだった。ひとりで扉と向き合ったそいつの中にいたのは、だれなんだろう。神さまなのか、キリストなのか、それともべつのだれかか。

「なあ、俺にはそいつの考え方はこんなふうに聞こえるよ。ひとりじゃなきゃいい。一緒にいてくれるなら、だれでもいい。神でも、イエスでも、林ですれちがった見知らぬ女でも、山羊でもいい」

　少年は目を伏せた。

「ぼくはまだ勉強中なので、ちゃんと答えられません。でも、それはたぶん、なにかちがうと思います」

なにが？　とは訊かなかった。べつに俺はこの少年をいじめたいわけではない。

「そいつはもちろん、もう死んでるんだろう？」

「はい」

「惜しいな。できれば直接逢って話をしてみたかった」

「ぼくもです」

俺の理由は、もちろん少年のそれとはちがっていただろう。俺はそいつの考え方を小説にしてみたいとふと思ったのだ。美鈴とこの島に来たときの体験は、ずっと前にすでに小説にそのまま使っていた。いつもと同じくだらない繰り返しの筋立てに、トロピカルな味付けをするためだけにだ。けれど、もう一度書いてみてはどうだろう。この不思議な島の成り立ちと、その妙な学者のことを。これまで書いてきたような屑《くず》ではなく、ずっとまともな小説になる気がする。

「どんな小説を書いていたんですか？」

少年がふと訊いてきた。この部屋で、この少年が相手でなければ、正直に話しはしなかっただろう。あの白人の若い神父のときもそうだった。神父を志す人間というのはそういう誘引力を備えているのかもしれない。

「官能小説だよ」

少年は目をしばたたかせた。

「男と女が出てきて、セックスする。俺は、いかにそそるかだけ考えて書いている。もうそんなのはうんざりだ」

そうして今は咲希を。血のつながった娘を、その性欲でねめまわして。迷いにさえ嗜虐《しぎやくてき》的な悦《よろこ》びを見出している。

しばらく足下の床板の染みを見つめた後で、少年が言った。

「でもそれは、大事なことなんじゃないんですか」

俺は首を振った。

ほんとうに大事なことは、書かない。

しばらくひとりにしておいてくれ、と言って少年を追い出した後で、俺はベッドの上で背中を丸め、立て続けに三本の煙草を灰にした。けっきょく教会に行くしかない、と結論づけて立ち上がるのには、もう二本ほど必要そうだった。コテージを出ると、風車によって切り刻まれた風の音がまた吹きつけてきた。

9

白や黄色や薄紅の花があふれる花壇の間を抜け、僕らがそのコテージの扉を開くと、かすかに煙草のにおいが漂ってきた。

「まだ、だれか使ってるんですか」

僕は振り向き、ここまで案内してくれた女の人に訊ねた。タンクトップにハーフパンツという服装で、剝き出しになった四肢はほどよく日焼けしている。髪も短く刈り込んでいて、引退して三ヶ月目の女子陸上選手みたいだった。

「ここにはイコンがあるんだ。住んでる人間がいないときでも、みんなしょっちゅう寄ってるよ。礼拝堂がわり。それに電気も水道もまだちゃんと通ってるから、自分の家のが壊れたときなんかはここのを借りる」

日本語は流暢だったが、顔立ちは大陸系だった。発電所に着いてから、草地の周囲に住んでいる人々に大勢逢ったけれど、みんな町の人間よりも日本語がうまい。ホテルの支配人なんて昨日と明日の区別がついているかどうかもあやしかったのに。

「だから勝手にあがっていいよ。それともあんたたちがここに住む？　先生の子供なんだろう、きれいに使ってくれればだれも文句を言わないよ」

僕は姉と顔を見合わせた。姉は無理に笑う。

「今は、そういうことは考えてないです」

「そう。とにかく中に入って休んだら。奥さんの方は具合が悪そうだよ。山道で疲れたんだろう」

彼女の言う通り、姉の顔色はかなり悪かった。青ざめているのに額に汗をかいている。僕は姉にまた肩を貸してコテージに入った。寝室に運び込み、ベッドに座らせる。それから、やに臭い部屋の中を見回した。学術書や辞書の並んだ書棚に、木の机。使い古しのインクリボン。ページが外れそうな古い聖書。

父が、というよりは『先生』が、暮らしていたという家。姉は寝台のヘッドボードにぐったりともたれかかりながらも、床から天井までを愛おしそうに見回す。僕は思わず目をそらしてしまう。僕らの視線は、机の正面にかけられた粗末な木版のところでぶつかった。

十字架だ。最上部と真ん中とに、数字が彫られている。「1」と「2」。

僕らを連れてきた女の人は、机の前でひざまずいて両手を組み、しばらくその十字架に向かって祈りを捧《ささ》げていた。

「変なイコンですね」

彼女が立ち上がったのを見計らって訊ねた。

「旅の人はみんなそう言うね」と彼女は笑う。「先に教会に寄った人は、あっちで神父の説明を聞けるからいいけど、ここに先に寄った人はみんな面食らうみたい」

「どういう意味があるんですか」と姉が言う。

「たしか、先生が書いたレポートがそのへんにあったはずだけど」

女の人は書棚の前で背伸びし、聖書と雑誌の間を探して、ファイルを引っぱり出した。最初の一枚を開いて見せる。古いワープロ原稿だ。僕はそれを持ってベッドに腰掛け、姉と一緒に読んだ。素数と、偶数と奇数と、神とイエス・キリストの話だ。まるでゲームのルールみたいに簡潔に記述されている。僕の中で、また父と先生とが乖《かい》離《り》しそうになる。ファイルの他の部分は、教会についての詳細、この島の植物や動物の観察記、発電所のメンテナンスについて、それから巡り逢った住人との会話の記録、天候の記録などだった。まったく感情の含まれていないレポートだ。

「これ、ほんとうに先生が書いたんですか」

姉が弱々しい声で言った。

「他にだれがそんなの書くの。ずっとここに籠もって、熱心に勉強してたよ。そのへんの難しい本なんて先生以外だれも読まなかった。聖書だけぼろぼろでしょ。それはみんな読むから」

「どんな人、だったんですか」

自分でも間の抜けた質問だとは思いながら、僕は訊《たず》ねずにはいられなかった。この人は、僕も姉も知らない数年間の『先生』を知っている。

「あんたたちは先生の子じゃないの？」

「そうですけど。この島に住んでいたその人は、もう僕らの知っている父親とはちがう人間だとしか思えません」

「ふうん。それはそうか」

女の人は、机の前の椅子をこちらに向けて座った。

「外から来て、発電所の近くに住み始めた人は、たしかにみんな変わっちゃうね。喋らなくなるし、考え事ばっかりしている。私は、風車のうなり声のせいかと思ってたけど」

「あなたはここの生まれなんですか」

「そう」

「ここで生まれていない人は、教会で認められないと島に住めないはずですよね」

「それは聞いてる。こんな狭い島だし、勝手に新しく家を建てるなんて無理だしね」

「じゃあ先生は」僕の隣で姉が身を乗り出して言った。「どうして島に残れたんですか。だれか。だれか、一緒に暮らす人を見つけたんですか」

その食らいつくような語調が、痛ましい。

「先生はずっとひとりだったよ。詳しいことは知らないけど、それだけはたしか」

姉の安堵の吐息が、僕の肩に落ちて、白々しく二の腕を伝う。

「何日かここに勝手に住み着いて、研究みたいなことをしてた。私の父が見かねて、出ていってくれないかって言いに行ったの。先生は黙ってここを出て、教会に行ったみたい。次の日に神父を連れて戻ってきた。この家に住むのを認められたの」

「じゃあ、扉は開いたってことですか」

「たぶんね。そんなわけないって言う人もいっぱいいたけど。だって、ひとりだったんだし」

先生は姉だけを船にのせ、ここにやってきて数日間を過ごした。それからもう一度教会に赴いて、扉を開いた？　その数日間に、いったいなにがあったんだろう。

「教会から聞こえる歌のことは、だれかから聞いた？」と女の人が言った。

「歌？」

「そう。オルガンみたいな音にのって、合唱が聞こえることがあるんだ。山道でよく迷うやつがいるんだけど、そのおかげで教会にたどり着けたって話も多いよ」

「合唱？　教会に、そんなに人がいるんですか？　たしか、神父が二人だけで切り盛りしているって」

「うん。だから、奇蹟《きせき》なの」

女の人は歯を見せて笑った。

「楽器もないし、歌う人だっていないはずなのに、ときどき、聞こえる。夕暮れとか明け方が多いかな。それで、聞こえたときに教会に行った人は、だいたい愛を認めてもらえるの」

そんな白々しい奇蹟まで、ここの神さまはおまけでつけてくれるのか。

「先生がこのコテージを出たすぐ後にも、聞こえた」

女の人の言葉に、僕は目を見開く。

「だからたぶん、見つけたんじゃないの。神さまかイエスさまか、どっちかを」

彼女はそう言って背後のイコンを振り返った。隣でいきなり姉が立ち上がった。

「わたしじゃ、だめだったのに。わたしとは、だめだったのに」

声がわなないていた。僕もつられて立ち上がり、姉の肩を押さえようとした。姉は女の人のタンクトップの肩につかみかかる。

「うそ。そんなのうそ。わたしと行ったときには、扉は開かなかった。二人で、ノブに手をかけて、引いたけど開かなかった！」

「姉さん、やめろよ」

「うそ！　開くわけない！」

　女の人が青ざめて、肩に食い込んだ姉の指を振り払おうとしたとき、不意に僕の腕の中で姉の全身がくしゃりと崩れた。その体重が肘から肩、腰にまで響いた。姉はそのまま僕の胸に顔を押しつけ、床に滑り落ちそうになる。僕は身をよじるようにして、姉の身体をなんとかシーツの上に着地させた。唇が痙攣《けいれん》している。

「びっくりした。ひどい顔色。貧血？」

　女の人が僕のそばに寄ってきて姉の顔をのぞき込む。僕はもどかしい手つきで姉の衣服をゆるめながらわめいた。

「わかりません、医者、医者はいないんですか！」

「ちょっと遠いし、腕あやしいけど」

「妊娠してるんです、お願いします！」

僕がそう言うなり、女の人は弾かれるように立ち上がった。

「連れてくる、熱あるみたいだから水で冷やしといて！」

あわただしい足音が出ていってしまった後で、僕は台所に走ってタオルを濡《ぬ》らし、姉の火照った身体を拭《ふ》いた。意外なことに熱はあまりない。ほんとうに冷やしていいのだろうか。これだけ汗をかいているのが不自然なくらいだ。何度もタオルを水で絞っては取り替えていると、姉の手が僕の手首をつかんだ。目は閉じたままだ。まだ意識は戻っていない。指の力もひどく弱々しい。僕はベッドの脇に膝をついて、かすかに赤らんだその顔を見つめた。姉はときどき目を覚ましたかと思うと、激しく嘔吐《おうと》した。もう、少しばかりの胃液の他には、酸っぱいにおいのする空気しか出てこなかった。背中をさすると、胃袋が縮みあがったり跳ねたりしている感触が伝わってきた。何度かそれを繰り返し、ようやく姉はぐったりと眠りに落ちた。

枕元《まくらもと》に腰掛け、深く息をつく。姉の額の汗をぬぐい、前髪を払ってやる。

あれほど感情を剝き出しにする姉を、僕ははじめて見た。そんなに信じたくなかったのか。『先生』が、教会の扉を開いたこと。

つまり、だれかとの愛を見つけたこと。

ほんとうに馬鹿馬鹿しかった。僕は姉の手に手を重ねて、指が折れそうなほど力を込めて、なにかわけのわからないことをわめき散らしそうになるのを必死にこらえた。神さまが人間の愛情をわざわざ測定してクイズ番組みたいにわかりやすい演出で教えてくれるなんて、そんな幻想のために二回もこんな遠い孤島までやってきて、そのたびに勝手に傷ついて。

僕は真剣に、父が、『先生』が、生きていることを祈った。そうすればこの手で殴り殺せる。いや、もう生きてなくったっていい。死体でもいい。今わかった、僕はそのためにこの島に来たのだ。あの男から姉を取り戻すためだ。姉が僕を『先生』のかわりにするなら、それでいい。あいつが残したものをみんな叩き壊して、あいつが与えられなかったものをみんな僕が与えてしまえばいい。

医者は三十分くらい後でやってきた。部屋に入ってきた無精髭《ぶしょうひげ》に眼鏡にアロハシャツの生白い肌をした男を見て、僕はなぜだかぎょっとした。男は僕を押しのけてベッドの枕元に古ぼけた革鞄《かわかばん》を無造作に置いて、かがみ込む。姉の顔をのぞき込み、額に手をあてたりまぶたや唇を開いて見せた後で、鞄からペットボトルを取り出し、中身を乱暴に飲ませた。日本でもよく見かけるスポーツ飲料だ。それから保冷剤らしきものをタオルで巻いて姉の脇の下に押し込む。僕と、それから医者を連れてきてくれたあの東洋人の女の人は、じっと黙って不安を噛み殺し、手当ての様子を見ていた。

「ただの熱中症とつわりだ」

ようやく振り向いた医者が言った。僕は安堵のあまり汚れた床に尻をついてしまった。医者は分厚いレンズの向こうからじろじろと、まるで蚊の羽音を追うような目つきで僕の顔をねめ回した。間違いなく日本人だった。でも違和感の正体はそこではなかった。島の住人に共通した、まるで重力のちがう星に住んでいるかのようなしぐさや喋り方の軽さを、この男は持っていないのだ。

「どうせ帽子もなしで山を登ってきたんだろ。馬鹿か」

「すみません」

「何ヶ月だ」

医者は、まだぐったりと目を閉じている姉の腹のあたりを指さして訊いた。

「たぶん」僕は自分の爪先を見つめて、思い出そうとする。「二ヶ月です」

姉の生理はかなり重い方で、食事もせず一言も口を利かなくなるのですぐにわかる。なにせ、ずっと一緒に暮らしていたのだ。

「いちばん流産が危ない時期じゃないか。おまえさんの子か」

僕がうなずくと、医者は部屋の入り口を振り返り、タンクトップの女の人に出ていけと手振りで指示した。女の人は不満そうに頰《ほお》をふくらませたが、黙ってコテージを出ていった。医者は机の前の椅子に腰を下ろす。僕は姉に触らないようにベッドの端に腰掛けた。

「なんでこんなとこに来た」と医者が言った。

それは、このコテージに、という意味なのか。それとも、この島に、という意味なのか。少し考えた僕は、どちらにせよ答えが同じなのに気づいた。

「ここに住んでた男が、僕らの父親なんです」

医者は少しだけ首を傾げた。

「あいつか。博識ぶった馬鹿だったな」

「知ってるんですか」

「何度か話したことがある。ひとりでこの島に住み始めるやつなんて、おれ以外にいると思ってなかったからな。最初は興味があった」

僕は医者の顔をあらためて見つめた。姉がいつから目を覚ましていたのか、もぞもぞと身体を横向きにして、やはり医者を見た。

「あなたも、ひとりでですか」と僕は訊ねた。

「妹がここで式をやって、定住して、旦那と一緒に死んだ。それでおれは興味を持って来てみたんだ。愛がどうのこうのは知らない」

死んで、興味を持った？

「教会には行ったんですか。扉は、開いたんですか？」

姉がベッドから転げ落ちそうなくらい身を乗り出して訊ねた。ひとりでも扉は開くのか。父もひとりで開いたのか。

「ひとりで行ったよ。扉はびくともしなかった。ただの好奇心だよ。開こうが開くまいがどっちでもよかった。おれはただ色んなことが知りたくてここに来たんだ。だから教会がなに言おうと住み着いた。島には医者なんてひとりもいなかったし、おれなんて国試に落ち続けてる穀潰《ごくつぶ》しだ。ほんとは医者じゃない。日本に戻ったってどうしようもない」

医者は悲痛に告白したが、僕らにとってはその部分はどうでもよかった。姉が口を開きかけたので、僕が先に訊ねる。

「教会が認めなくても、住めるんですか」

「出てけって言われるだけだ。追い出されるわけじゃない。神父は二人しかいないからそんなの不可能だしな。家さえ自分でなんとかすりゃ」

僕は姉の顔を見た。だとしたら、話はひどくシンプルになる。『先生』は六年前、姉をひとりで送り出した後で、勝手にここに住むことにしただけなのだ。

そして、僕たちも同じことができるじゃないか。うさんくさい神さまに愛のお伺いを立てなくても。

「おまえらは無理だぞ。腹にガキがいるんだろ」と医者が僕をにらんだ。「おれがこそこそ暮らしてられんのはひとりだからだ」

「じゃあ、先生も」

姉が意気込んで言った。

「先生も、そうだったんですね」

「あいつはおれとはちがうよ。教会に認められたはずだ」

医者は冷たく姉の言葉を遮った。

「ここに閉じこもってなんか調べ物して、アルキメデスみたいな大発見顔で飛び出してって、次の日に神父に連れられて戻ってきたんだぞ。見つけたんだよ、たぶん」

見つけた。だれかとの、愛を？

隣で姉が何度も何度も小さく首を振っている。まだ、認められないのか。

「あいつも、扉のこととか、その奥になにがあるのかとか、なんにも喋らなかった。島のやつはみんなそうだ。そのことだけは、はぐらかす。おれは知りたいとも思ってなかったけど」

医者の言葉に僕はたやすく嘘を見つける。知りたかったはずだ。姉はベッドから脚をおろして医者に身体を向けた。

「それで、先生はその後どうしてたんですか」

「よく知らないよ。ここに住んで、毎日ワープロでなにか書いてたっていうけど。ある日ぽっくり死んでた」

姉は口をつぐんで固まってしまう。僕がかわりに訊ねる。

「どうして、死んだんですか。なにかの病気？　遺体はどうなったんです、どうして日本に戻されないんですか」

医者はしばらく黙って、じっと僕の顔を見ていた。いや、顔ではなく喉のあたりだっただろうか。

やがて、口を開く。

「この島、じいさんばあさんがいないだろう」

「え？」

「年寄りだよ。見かけたか？　町でも、この近くでも」

僕はしばらく考えてから首を振る。言われてみれば、一人も見ていない。せいぜい四十歳くらいまでだ。こんな孤島なのに。

「なんでおれみたいなのが医者づらしてられると思う。この島じゃ、ほとんど深刻な病気なんてないんだよ。六、七年ここで暮らしてるけど、おれが忙しいのはガキが生まれるときくらいだ。それも、ちょっと年食った女の方がよっぽどおれより手慣れてる。医者なんて要らないんだよ、この島は。おまけに、どいつもこいつも年を取るのがやけに遅い」

「それじゃ」

思わず口を挟んでしまってから、僕は喉を鳴らす。今、自分はなにを言おうとしていたのだろう。この島はほんとうに時間が止まっているのか、なんてことを訊こうとしたのか？

「そのかわり、死ぬときはなんの前触れもなくぽろっと死ぬ。死因はよくわからない。ここに住んでた教授先生もそうだった。おれの妹もだ」

「なんの話なんですか」

舌が乾いて、口蓋《こうがい》に張りつきそうだった。

「おれの、ただの想像だよ。確かめたわけじゃない」

「だから、なんの話ですか」

医者は目をそらした。

「この島はおかしいんだ。見ればわかるだろ。変なんだよ、なにもかも」

「おかしいのはわかります、でも、死ぬとか年取らないとか、いったいなんの」

「この島は戦中に上陸した日本軍も米軍も病気で全滅したっていわれてる。聞いたことないのか」

　僕は驚いて、まず姉の顔を見た。姉も青ざめたまま首を振る。

「今は、べつにそんな伝染病みたいなものは確認されてない。でも、おれはまだこの島に、菌だかウイルスだかがいるんじゃないかと思ってる。たぶん島の連中の頭がみんなおかしいのはそのせいだ。なにが教会だ。神さまが愛を判定して扉を開け閉めするだとか、正気で言えるわけないだろう。確証があるわけじゃないが、おれはこう思ってるよ。教会で判定してるのは、罹患してるかどうかだ」

　僕は啞然《あぜん》としたまま医者の口元を見つめていた。

「ここに来て、病気にかかったやつにだけ、扉を開いてるんだ。神父は、たぶん患者かどうか見分ける方法を知ってるんだろうよ。おれはまだまともだった。認められたやつらは病気だ。それだけだよ。だからこの島じゃ、だれかが死ぬと神父が呼ばれて、葬式は神父だけでやる。どこに埋められるのかも、だれも知らない。死体を見られたくないんだろ」

医者が出ていってしまった後のコテージには、固く固くこわばった沈黙が満ちていた。僕と姉はベッドに並んで腰を下ろし、そんな沈黙の中でお互いの手の甲に目を落としていた。窓の外で、少しずつ確実に、闇が森の木々の間から染み出てくるのがわかった。

もうすぐ夜が来るのだ。

10

林に挟まれた山道をのぼっていくにつれて、陽が傾く速度がどんどん増している気がして、あたしは足を速めた。こんな山の中で日が暮れたら困る。歩いてて崖から落っこちるかもしれない。船の上で太陽が全然動いていないように思えたのは、まわりじゅうが平らな青一色だったからなんだな、と得心してしまう。

勾配が少し楽になったところで足の運びをゆるめると、汗で額にはりついた髪を風が梳《す》いてくれるので、心地よい。木陰のせいで暑さはだいぶやわらいでいる。でも、暗くなる前に、せめて教会が見える場所まで進んでおかないと、迷子になる。すでに何度か見かけた分かれ道で勘を頼りに目をつぶってみんな右を選んでここまでのぼってきたのだから。山の上には風力発電所があるらしいのだけれど、そっちへ行ってしまうと島の中央部で、教会からは遠ざかる。だから右へ右へ、であっているはず。あたしはときどき立ち止まって、重たく肩に食い込むスポーツバッグから父にもらった本を取り出して開き、ページの香りを吸い込んで、少しずつ読み進める。

教会で、もう一度逢えるのだろうか。もうこの島のどこにも、この世界のどこにもいないんじゃないのか。だって、あたしを棄てたのだとはっきり言っていた。あたしのことも母のことも、愛してなんていなかったと。あたしはこの愛という単語を否定形でしか聞いたことがない。こんな言葉、消えてしまえばいい。あたしはただ父がずっとそばにいてくれればそれでよかった。いてくれれば、それでよかったのに。

不意に右手の木々の連なりが切れた。視界が大きく開ける。上り坂はそのまま崖沿いの道につながっていた。眼下で風にさんざめく森の緑と、光を散らした海との境目あたりに、真っ白な建物が小さく見えた。

教会だ。

この距離からだと、その形もはっきり見える。バロック風の石造りで、ドーム型の屋根がついた塔が左右に二つ、中央の棟の破風《はふ》は渦巻き型の装飾がつけられ、玄関の真上の壁龕《へきがん》にはなにかの像が埋め込まれている。かなり大きくて立派な教会だった。

下りる道を探してあたしが視線を引っぱり戻したとき、行く手の崖の際に人影を見つける。白衣が風にあおられて、その下のアロハシャツの裾《すそ》と一緒にはためいている。眼鏡をかけた中年男性だ。じっと立ちつくして教会の方を見ている。

あたしはそうっと近づいていった。五メートルくらいの距離まで寄ったところでその人がこっちに顔を向ける。あたしは猫みたいに足を突っ張って立ち止まってしまう。無精髭で、おまけに目つきの悪さが度の強いレンズで五割増しくらいだ。

「ぶらついてるとあっという間に日が暮れて危ないぞ。このへん、こういういきなり崖になってるところが多いんだ」

その人はそんなことを言った。日本人だ。あたしはちょっとびっくりして、二歩三歩さらに近寄る。

「なんだよ。じろじろ見るんじゃねえ」

それでもしばらく凝視してしまった。白衣の男は、それ以上訊いてこない。

「島の人はみんなあたし見て、必ず『ひとりなの？』って訊くから。訊かれなかったのは、はじめて」

男の人はふんと鼻を鳴らして、くたびれた茶色いスラックスのポケットに手を突っ込んだ。

「ここじゃ、ずっとひとりでいるのは犯罪みたいなもんだからな」

「おじさんも、ずっとひとりなの？」

「見りゃわかるだろう」

見ればわかるだろう、というのは妙な言い方だったけれど、たしかに見ただけでなんとなくわかった。その人の髭の一本一本にまで、孤独がしみついている。年齢も見当がつかない。目尻や口の端のしわが年月によるものなのか笑い方を忘れてしまったせいなのか区別できないのだ。あたしはその独特の老い方をよく知っている気がした。父と同じなのだ。

「おじさんはお医者さん？」

「それは見てわかんのか」

「だって白衣」

ああ、と医者は、汚れてもいない白衣の襟を手で払った。

「おれもときどき、自分が医者だって言い聞かせるのに飽きて、忘れそうになる。だから最近は着るようにしてる。どうせこの島じゃ医者なんて必要ないんだ」

不思議な人だった。嵐《あらし》の海に落っこちてロープ一本になんとかしがみついているのに、自分の命よりも眼鏡が錆びるのを心配している。そんな感じだ。だからあたしはこの人の、とても大切ながらくたみたいな時間を邪魔してしまったのじゃないか。そう思えてくる。

「あの、教会まで下りる道、教えてもらえませんか。ここまっすぐでいいんですか」

教えてもらって早く立ち去ろう。そう思ってあたしは訊いてみる。

「さあ。知らない」と医者は答えた。「一度しか行ったことがないし、もう道なんざ忘れたよ。行きたいとも思わない」

「ううん。そうですか。どうしよう」

あたしはもう一度、青と緑の境目に浮かぶ教会を見やる。ファサードがほのかに赤く照らされている。振り向くと、西の空が赤らみ始めている。そろそろ夕暮れだ。

「乾期の終わり頃なら、あのへんの林の葉が落ちるから、ここからでも道が見えることもある。年が明けないうちだったら道ばたに白いクチナシモドキが咲くから、それでも見分けられる。今はちょうど季節が悪い」

「教会には行きたいとも思わないのに、ここはよく来て眺めてるんですか」

医者はあたしの顔をじっと見た。訊かなければよかった、と少し後悔する。でも、季節につれて移ろう景色のことまで知ってるなんて。

「悪いか」

あたしは髪で風が起こせそうなほどの勢いで首を振った。

「あたしでも毎日見に来ます。教会、きれいだし」

「毎日なんて来てない。発電所の連中に呼ばれたときの帰り道に、たまに寄るだけだ。

普段はずっと診療所にいる」

「でもそのわりに日焼けして」

「黙ってろ」

あたしは首をすくめた。毎日教会を見に来てるって、そんなに恥ずかしいことなんだろうか。

「建物自体は、十六世紀のスペイン建築だ。きれいなのは当たり前だ」

「そんなに昔からあるんだ」

「建てたのはたぶんイエズス会だ。でもスペイン人はいなくなった。日本軍も米軍もみんな死んだ。今いる神父は戦後になってあそこに住み着いた連中だ。それに、あれはたぶん神父じゃない。あんなめちゃくちゃな教えのキリスト教があるわけない」

「おじさんは教会きらいなの」

医者はふんと鼻を鳴らした。

では、どうして毎日ここに来ているのだろう。夕陽を背ににらみつけていれば教会が燃えてしまうわけでもないだろうに。

「ときどき、教会の方から音楽みたいなものが聞こえる。大勢の歌。そんなことあるわけがない。神父が一人か二人しかいないはずなんだ。でも聞こえる。おれは、なにか起きるんじゃないかって思って、ここに来る」

　音楽？

「なんでもいいんだよ。なにか起きてくれりゃよかった。あの生っ白い教会が爆発するとか、いきなり海に沈むとか、ある日来てみたら教会がでかいスポンジケーキに変わってたとか、なんでもいい。でも、いつも教会はああやってしれっとした顔であそこに立っているだけだ。なんにも起きやしない」

「なんでもいいっていうのは、よくわからない」

　医者はすがめた目であたしをにらんだ。

「聖書に、なんで海が割れたとか死人が生き返ったとか書いてあると思う。そうしなきゃみんな信じないからだ」

「奇蹟の話？」

「そうだ。神さまがたしかにいて自分たちの味方だって信じ込むために、奇蹟が必要なんだよ。聖書は嘘っぱちだ。ちゃんと読めばわかる。おれはこの島に来てから他にやることもないから、何度も読んだ。間違いだらけだ。でもな、それは神さまがいないって意味じゃないんだ。わかるだろ。存在証明の失敗は不在証明にならない」

　あたしは後ずさりながらあいまいにうなずく。正直あまりつきあいたい話じゃなかったけれど、医者の言っていることはなんとか理解できてしまった。見つけ出せなかったからといって、存在していないとはいえない。

「でもおれは、信じたくないんだよ。あんなところに、神さまなんているわけがないんだ。わかるか。信じないことには、信じるのと同じくらい、奇蹟が必要なんだ」

あたしはもう、なにを言っていいのかよくわからなかった。どうしてそこまで教会のことがきらいなんだろう。そのくせ、どうしてこの島に住んでいるんだろう。

「おじさんが教会に行ったとき、扉は開かなかったの?」

「当たり前だろう。おれはひとりで行ったし」

「だれか好きな人いないの。ここに連れてくればよかったのに。そうでなくても、想ってる人がいるだけで扉開くかもしれないって、パパがくれた本に」

「いないよ。ずっとひとりだった。生まれつき、だれかと一緒にいられる人間じゃないんだよ。扉が開かなかったんだからわかるだろ、そんなの」

「教会のことは信じたくないって言ってなかった?」

「だから。最初から信じてないんなら、扉が開かなくたって、おれは鼻で笑い飛ばして、さっさと帰りの船に乗ってたよ。でもこの手に残ってんだ。あの扉はほんとに冷たくて重くて、近づくな、って声まで聞こえてきそうで、それが消えないんだ」

ああ、とあたしは思う。この人は、もう信じてしまっているのだ。だから、それを打ち消すくらいの奇蹟を待って、毎日この崖まで足を運んでいるわけだ。

父もそうだったんだろうか。

心に深く刻まれたなにかを否定したくて。毎月顔を合わせていれば、いつかあたしが突然、『ねえ、ほんとの家族が見つかったの。あたしは捨て子で、パパの娘なんかじゃなかったみたい。それじゃバイバイ』とでも言い出す奇蹟を、ずっと待っていたのだろうか。

だとしたら、あたしが父をもう一度この島に連れてきたことには、いったいどんなひどい意味があるのだろう。

「ねえ、おじさん。ずっとひとりだなんて、嘘かもしれないよ」

医者は唇を歪めた。

「なにが言いたいんだよ」

「だって、存在証明の失敗は不在証明にならないんでしょ」

少しの間の沈黙の後で、医者はあたしの脇を通り抜けて、今あたしがやってきた坂を下り始めた。

「そうだよ。ほんの一ミリグラムの望みは、絶望の千倍つらい」

医者がすれちがうときに残した最後の言葉が、あたしの胸に深々と突き刺さった。

あたしは振り向いて、瞬《まばた》きだけでくしゃりと潰れてしまいそうな白衣の背中を見送る。

坂の下に見えなくなってしまうと、もう一度、真っ白な教会に目をやった。

存在証明の失敗は不在証明にならない。

だから、つらい。

あの医者はあたしと同じだ。いや、あたしの方がもっとひどい。父がもうあたしのところには戻ってこないということを、認めてしまえばいいのに。存在証明の失敗は不在証明にならないと自分に言い聞かせ続けて、こんな場所まで来てしまった。

でも、ここで立ち止まっていたってなんにもならない。

だからあたしは、太陽に背中を押され、崖沿いの道を歩き出す。

11

わたしがベッドに腰掛け、先生のまとめたファイルを読んでいる間、直樹は隣に座ってじっと黙り込み、わたしの指を目で追っていた。印字が切れ切れで、ひどく読みづらかった。やがてコテージに射し込む赤い陽光が萎《な》えていき、砂で汚れきった窓ガラスから夕闇が染み込んでくる。直樹が机の電灯をつけてくれた。静寂がいっそうくっきりと引き立つ。ファイルのページをめくる音が耳障りなほどだ。

「先生は、なにを見つけたんだろう」

どちらかというと沈黙に耐えかねて、わたしはつぶやいた。視界の端で直樹の指がもぞりと動いた。教会の平面図を入り口からたどる。

「扉の開け方がわかったんじゃないの。神父がどうやって遠隔操作してるのか」

「まだそんなこと言ってるの」

わたしは直樹の顔をちらと見る。

「十六世紀のバロック建築だって書いてあるじゃない。そんな変なメカニズムが組み込んであるはずがない」

「どうだかわからないよ。それにこの図面じゃ、扉の奥についてなんにも書かれてないじゃないか」

もう一度、平面図に視線を落とす。六年前の記憶にある絢爛《けんらん》な内装と、図面とを重ね合わせようとする。ホール真正面の奥にあったその扉は、こうして紙の上で見ると、礼拝堂の『裏口』にあたるものだとわかる。

「外に出る扉なのかな」と直樹が言う。

「でも、教会は崖の際に建てられてる。扉のすぐ外は崖になっちゃう」

「船がこっち側を通ってくれれば、裏側が見えたのにね。どうして島の西側を回るんだろう。遠回りになっちゃうのに」

空港のある島は、この島の北東に位置しているのだ。回り道の航路の理由も、ファイルに書いてあった。乾期に定期的に吹く強い北東の風のせいだという。下手をすれば岸壁に船が叩きつけられてしまうほどの突風なので、遠回りするわけだ。

「だいたい、なんであんな危なっかしい場所に建てたんだかわからない」

直樹は鼻から息を吐き出し、ベッドに仰向けになった。わたしはもう一度最初からファイルを読み返す。教会のことばかりだ。その教義と、歴史と、建物について。

ファイルを枕元に置いて立ち上がり、机や書架をあらためて探す。棚の最上段を探すためには机にのらなくてはいけなかった。直樹があわててベッドから飛び降り、わたしの肩をつかんだ。

「姉さん、まだ寝てた方がいいよ」

「キッチンか居間にあるかもしれない」

「なに探してるの？　僕が」

「先生があれ書くのに使ったワープロ。ずっとこもって書いてたのに、あのファイルだけなわけがないよ」

台所の棚や床下の倉庫まで探したけれど、ワープロは見つからなかった。服や食器はそのまま残されていて、先生がたしかにここで何年も暮らしていたのだとわかる。どうしてワープロだけないんだろう。

「とにかくベッドに戻って」

直樹は強引にわたしを寝室に連れ戻した。

「病み上がりなんだから寝てろよ。普通の身体じゃ、ないんだし」

言葉の後半は少し言いにくそうだった。直樹の視線は、わたしの下腹に注がれ、それを隠すようにして直樹は毛布をかけてくれた。

「ごめん。ありがとう」

「姉さんが礼言うようなことじゃないよ」

「なんでお医者さんまで呼んでくれたの」

「なんでって。当たり前だろ、そんなの」

「ほっとけば、この子は流産してたかもしれないよ」

直樹は青ざめ、口を半開きにしたまましわたしの顔を見た。

「なに言ってんだよ」

「だって、直樹は子供なんてほしくなかったでしょ」

「だからって」

目をそらしてしまう。

「ごめん、直樹。ひとりじゃ、無理だったの。先生がもういないのに、ひとりで生きてくのも、ひとりでこの島に来るのも、無理だった。だから直樹をつきあわせたの。ごめんね」

「そんなことで謝ってほしくない」と直樹は吐き捨てた。「ただ、最初から教えておいてほしかった。『先生』の残り香を一所懸命探してるのも、僕にうまくかわりをやってもらうためなんだろ。この島で、一生」

わたしは毛布の中で膝を折り曲げ、直樹に背を向ける。沈黙はいちばん残酷な答えだとわかっていても、なにも答えられない。

「いいよ、姉さん。怒ってるわけじゃない。姉さんが望んでる通りにするよ」

毛布を払いのけて振り向く。直樹の目は床に落とされている。

「この島で暮らそう。みんなどんな仕事して生活してるのか知らないけど、なんとかなるだろ。どうせ東京に戻ったってこそこそ隠れて逃げ回る生活だし。ここでがんばるよ。このコテージに住んだっていい」

「なんで。なんでそんなこと言うの」

「なんでって、姉さんが望んでることだろ。そっちこそなに言ってるんだ」

直樹の言う通りなのだ。でも、直樹の口から聞かされると、それはとてもグロテスクな願望に聞こえる。

「僕だって、親父がなにを考えてたのか知りたい」

「わたしもよくわからない」

「それじゃ困るよ。かわりになれない」

直樹の優しさが耳の内側を切り裂くようだった。わたしは首を振った。

「先生は、わたしになにか遺してくれてると思ってた。この島に来ればそれが見つかるって思い込んでた。でも、わたしのことなんて考えてなかったのかもしれない。なにかいっぱい書き物してたっていうけど、教会のことばっかりだし。そもそも、死んだのを報せてくれたのだって教会の人なんだし、遺体だって戻ってこなかったし。たぶん先生はわたしのいるところに戻りたくなかったんだと思う」

「ワープロ探してたのは、そういうこと？」

直樹の問いに、わたしはうなずき、立てた膝にそのまま顔をうずめる。

先生は、わたしを棄てたのだ。そんなの、とっくにわかっていた。ひとりで船にのせられ、出港したとき、もう波止場に先生の姿はなかった。このコテージにすぐに戻ったのだろう。わたしなんていなくても扉を開ける方法を、神さまに愛を示す方法を探して、探して、探して――

そして見つけてしまった。

先生の心の中にいたのは、だれなんだろう。

ファイルに書いてあった通り、その孤独を埋めたのはイエスさまなんだろうか。

だとしたら、わたしの孤独はだれで埋めればいいのか。それだけのために、直樹のいのちをわたしのそれと一緒にすり減らしていいのか。

それとも。

今、わたしの胎内にいる、まだ名づけられてもいないこの子が、わたしの孤独を忘れさせてくれるのだろうか。

そのとき、骨が砕けるような音が響いて、わたしは驚いて顔を上げた。机の手前に立った直樹が、なにか黒いものを手にしている。割れたプラスチックの小さな箱から黒いテープをどんどん引っぱり出している。一瞬、カセットテープかと思ったけれど、すぐにそうではないと気づいた。インクリボンだ。そうか。わたしははっとしてベッドから下りた。直樹はリボンをぴんと伸ばしてにらんでいる。プリントアウトが残っていなくても、リボンにはインクの空隙《くうげき》として印字履歴が刻まれているはずなのだ。

「……だめだ。もう何周も使ったみたい。読めない」

直樹の言葉に、わたしは嘆息してベッドに座り直す。こんな孤島じゃインクリボンもそうそう手に入らないだろうから、使用済みのものを巻き戻して何度も何度も印字したのだろう。どうりであのファイルの印刷も切れ切れだったわけだ。リボン上で文字がいくつも重なって、もう判別できなくなっている。

わたしが毛布を頭からかぶろうとしたとき、直樹が「あ」と声を漏らした。

毛布は肩から滑り落ちる。直樹は引っぱり出したリボンの端を電灯にかざして目を細めている。わたしもその背後に走り寄って、肩越しに見た。

インクリボンの、おそらくは最後だ。そこまでは何周も印字しきれず、重なり合っているのは二つの文章だけだ。

かろうじて、読み取れる。


『……気密をよくするための構造だ』

『……場所は、時間が流れていない』


わたしと直樹は、その箇所を何度も何度も読み返した。そうとしか読めない。どういう意味なんだろう。少なくとも、ファイルされていた文書の中には出てこなかった文章だ。では、印刷した後で棄てたのだろうか。

時間が流れていない。気密……？

「どういう意味だろう」

しばらく後で、わたしは自問するみたいにつぶやいた。直樹の肩に、あごをのせたまま。

「わからない」

直樹は言って、リボンを指先でたどった。

「でも、リボンが一周したってことは、どっちかの文章がずいぶん後に書かれたってことだよ」

わたしはリボンをもう一度見つめる。

教会で扉を開き、戻ってきた後に書かれたものだとすれば。

時間が流れていない場所。それは、扉の向こうにあるもの？

12

山を下っていくと、陽が落ちるのがどんどん早まる。ぴんと尖《とが》って生い茂るジョガの葉が、西の空の血溜まりにひたっていく。夕空に飛び交ういくつもの小さな影は、蝙蝠《こうもり》だろうか。坂は下りの方がつらいとよくいったもので、俺はしょっちゅう立ち止まってはこわばったふくらはぎをさすった。涼しくなってきたのはいいが、このままでは日没までに着きそうになかった。山裾《やますそ》まで来てしまったため、真っ白に浮かび上がる教会の姿も、木々の間にまぎれてすっかり見えなくなっている。

咲希は今、どこにいるだろう。町で待っているだろうか。それとも俺を追いかけて教会へと発っただろうか。あいつも道に迷って、この島をさまようちに、島の住人みたいに漂白された顔になって、愛についてなんでも見通したかのようなことを言い出すのだろうか。

今戻れば、来た道のどこかで咲希を見つけられるのではないか。そんなことをふと考える。けれど足は止まらなかった。肉体は精神よりもずっと現実的な判断を下す。

とくに、疲れているときは絶対だ。ここで引き返しても、はぐれてしまうだけだ。もう教会に行くしかない。

それなら、そもそも置いてこなければよかったのではないか。笑える自問だった。咲希を連れてきていれば、逆の後悔に苛《さいな》まれただろう。

やがて左手の林が開け、たっぷりと大きな葉の茂る畑が現れる。おそらくはタロイモ栽培だろう。畑の向こうの林に深く食い込むようにして、灰色の巨大な影がそびえ立っているのが見えた。石造りらしき、三階建ての古い建物だ。正面にいくつも並んだ装飾柱がアーチを支えている。修道院かなにかだろうか。前に来たときはこんな建物は見なかった。ちがう坂道を下りてきてしまったのかもしれない。

ハート型の葉の間に、もぞもぞと動く影があるのに気づいた。二つだ。同時に立ち上がって俺を見る。栗毛《くりげ》をひっつめて後ろで束ねた若い女と、ざっくり短く刈り込んだ黒髪の三十代後半くらいの女だった。二人とも中央アジアふうの顔立ちで、ケープつきの真っ黒な修道服みたいなものを着ている。暑くないのだろうか。農作業にはいいのかもしれない。

こんばんは、おひとり？　と、手前にいた若い方が英語で訊いてきた。もう何度目かわからない質問に、俺はひねくれた返答を考えるのも面倒くさくなって、ただうなずいて返す。それから、道に迷ったみたいだが教会はどっちだろう、と訊いてみる。年上の黒髪の方が笑った。ここはもう島の北側なの。よく間違えてこっちに下りてくる人がいるのだけれど。

俺は困り果てて、無意識にポケットの煙草をまさぐり、ここが畑だと思い出して手を止める。やはり道を間違えていたのだ。もう一度西の空を見やると、もはや夕映えと暗い上天が炭火のようなコントラストに変わりつつある。あの埃だらけのコテージに泊まればよかったか、と後悔しても遅い。

懐中電灯かなにかがあったら貸してもらえないだろうか、と訊いてみた。カンテラならあるが、山火事のおそれがあるので持ち出すのは禁じられている、と黒髪の女が答える。ここに泊まっていくか。夜はほんとうに真っ暗で危ない。いや、ここは女しか住んでいないんじゃないのか。俺はこらえ性がないせいで人間社会から追い出されてきたけだものだから泊まるわけにはいかないよ、と冗談めかして言うと、心配ないよ、と二人はそろって笑う。もう二組、レズビアンのカップルが住んでいるから、男一人が変な気を起こしたところでなんとでもなるし、それに女ばかりじゃない。老師も住んでいる。あなた日本人でしょう。老師は日本語で難しい話をする相手がほしいみたいなのだけれど、わたしたちじゃよくわからないから、話し相手になってあげて。

お願い。夕食くらい出すから。

　老師？

　修道院の一階の端にある風通しのいい部屋に案内された。古ぼけた一本足の丸テーブルにカンテラが一つだけのせられていて、車椅子に座った男がその光で分厚い本を読んでいた。俺が入っていくと、本をテーブルに置いて車椅子の向きを自力で変える。ひび割れた煉瓦《れんが》みたいなその顔には、見憶えがあった。

「おお。久しいですな」

　向こうも俺のことを憶えているのに、まずびっくりした。アロハシャツとハーフパンツから突き出た四肢はやせ細って骨ばかりで、とても聖職者には見えなかったが、たしかに俺が以前この島に来たときに教会で迎えてくれたあの神父だった。

「生きてたんですか」

　俺は思わず正直に言ってしまった。

「ああ、いや、すみません。そんなことを言うつもりじゃなかった」

「いえ、わかりますよ。この島では老いぼれは珍しい。泊まっていかれるのですか」

「娘を港にほっぽり出してきたんですよ。ひょっとしたら俺を追いかけて教会に向かっているかもしれない。待たせるわけにも」

「教会には私の弟子がいます。娘さんが先に着いていたら世話するでしょう。寝泊まりできる場所もあります。それよりもあなたがこんな暗い中を出歩く方が不安です」

「しかし道に迷ってたらどうするんです。俺だって迷った」

「そのときは、教会が歌で導いてくれるでしょう」

「歌？」

老師は、教えてくれた。演奏者などだれもいないはずの教会からときおり聞こえてくる合唱のことだ。多くの者がそれに導かれ、正しい道を通って教会にたどり着けるのだと。

俺は鼻で笑ってしまう。そんなの、前に美鈴と来たときはだれも教えてくれなかったし、オルガンや歌どころか口笛さえ聞こえなかった。

「俺は不信心者だから、導いてくれなかったってことですか」

「ちがいます。神はそんなえり好みはしません。とにかくあなたが今から闇雲に迎えにいっても娘さんと合流できるわけがない。泊まっていくのが賢い」

神父の言うこともっともだった。

すすめられて、テーブルの向かい側の椅子に俺は腰を下ろす。どうしようもなく居心地が悪かったが、さっさと寝室をもらって引っ込むのも気が引けた。それに、もう少しその奇蹟やらなにやらの話を聞いてみたかった。

「もう神父はやめられたんですか」と、老師の服装を見て訊ねる。

「あれはやめるものではありませんし、なるものでもありません」

老師の声は、その干からびた容貌《ようぼう》ほどには年老いていなかった。

「神の名において選ばれるものですし、選ばれた以上は死ぬまで神父ですよ。教会は風通しが悪いので老体にはきつい。ここ何年かはここに住んでいます」

「選んではくれるのに、風通しはどうにもしてくれないんですね、神さまは」

俺の皮肉も、老師はさらりと流した。

「神は裁くだけです。あとのすべては人間の仕事です。神がなにかしてくれるなどと考えるのは傲慢《ごうまん》です」

俺は肩をすくめた。

「それは、俺の知ってるあらゆるキリスト教の宗派と相容《あいい》れない考えですね」

「かもしれません」

あんたらのはそもそもキリスト教じゃないだろう？　その致命的な問いを、俺はなかなか口にできなかった。

「そもそも信仰というのはいったいなんだとお思いです？」と老師は言った。

「ああ、そういう話がしたくて、俺みたいな日本語がちゃんと喋れるやつを待ちかまえていたわけですか。ご勘弁願いたい」

「あなたも、二度もこの島に来たからには、教会がいったいなにものなのか、知ろうと思っているのではないのですか」

「思っちゃいませんよ」

俺は吐き捨てた。老師の表情は、あいかわらず日干し煉瓦の中に押し込められていてまったく変わらなかった。

「俺はね、だれかが決めてくれりゃそれでいいんです。前に来たのは十五年前でしたっけ？　あのとき、もう美鈴のお腹ん中にはガキがいました。あんたが愛情なしと判定を出してくれたおかげで、俺はきっぱり美鈴を棄てられました。感謝してますよ。でも生まれてきた娘が、どうにも俺ごのみに育っちまった。向こうも俺にやられてもいいと思ってる。やろうがやるまいが、どうせ俺の人生は糞《くそ》です。だからね、神さまにちゃっちゃと決めてもらいたいんですよ。その神さまが嘘つきってんなら、なおい。俺にうってつけです」

「神はなにも決めません」

俺は啞然として、老師の顔を見つめた。

「決めない？　なに言ってるんです。人間を裁くんでしょう、さっき言っていた」

「決めるのは人間です。いいですか、少し考えてみなさい。この島には、様々な禁忌の愛を抱えた男女がやってきます。あなたは同性愛や近親愛を忌まれますか？」

「まさか。勝手にすりゃいい。俺だって自分の娘に欲情してますよ。そのこと自体は否定しない」

「しかし公にはせんでしょう」

「そりゃそうです。くだらない社会のしがらみがある」

「同性愛や近親愛が忌まれるのは、くだらないことですか」

「くだらないですね。子供が産めないから社会が発展しないとか、遺伝子異常が発生しやすいからとか、そんな理由でしょう。余計なお世話です」

「それではあなたは、人肉を食べたいと思ったことはありますか」

俺の座っていた椅子が不快な軋《きし》みをたてた。

「ありませんね。いきなりなんの話です？」

「なぜ人肉食が忌み嫌われるか、わかりますか」

老師の顔は闇に沈み始めた。

「さあ。認めたら人殺しが多発するからじゃないですか」

「しかし人肉食を認めている文化もありました」

「だからなんなんです？　さっきから」

「ムスリムは豚肉を食べません。ユダヤ教徒はさらに貝も海老《えび》も蟹《かに》も食べない。あなたはどうです」

「みんな平気で食べますよ、馬鹿馬鹿しい。それは教典で禁じられてるからでしょう。俺には関係ない」

「しかしあなたは人肉は食べないわけです」

「それは」

俺はそこで言葉に詰まった。カンテラの火がつくる狭い光のわずかに外側で、神父がうなずいた。

「教典が理由ではありません。あなたが今、感じているそれが、理由です」

「なんのことです」

「人肉を食べる、などという想像をほんの少しでもしたとき、あなたは気持ち悪いと思ったのではありませんか？　それが理由です。ムスリムは、豚肉を食べることを考えるだけで不快なのです。ユダヤ教徒はカシュルートに反した食など気持ち悪いのです。ヒンドゥ教徒は牛の肉を口にするなど考えるだけで身を切られる思いがするのです。わかりますか。禁忌は、それを犯すことそのものが不快だから、禁忌として成り立つのです」

俺は猛烈な口中の渇きを覚えて、許しも得ずに煙草を取り出し、火を点けた。それでも指の震えは止まらなかった。

「あんたはなにが言いたいんですか」

「古ぼけた本にいくら禁止事項が書いてあっても、それだけでは戒律になり得ないということです。犯せば罰せられる。犯せば周囲からにらまれる。守れば祝福される。守れば永遠の命が与えられる。神の名において強迫し、快不快の物差しを造りかえること。幸せを再定義すること。それが信仰です」

俺と老師との間にある、ほの明るい闇に、長い長い沈黙が横たわった。煙草がじりじりと焼けて、フィルタまで達してからようやく灰の塊が落ちた。

「……なんでそんなことをする必要があるんです？」

やっとのことで出てきたのは、そんな問いだった。声はかさかさに乾いていた。

「なぜなら、世界がままならないからですよ」

俺を突き刺していた老師の視線が、そのときはじめてゆるんだ。

「自分が常に幸せであるようにと世界を造りかえるよりも、自分の幸せの定義を世界に合わせてもっと平易なものに造りかえた方が楽だからです。信じていれば救われる。唱えていれば救われる。戒めていれば救われる、と」

「信仰は、楽、ですか」

「楽ですよ。だれでも守れるようにと、人が定めたものなのですから。その法的根拠を、我々は神と呼ぶわけです」

俺は煙草を握り潰した。なにも感じなかった。熱さを痛みとして感じるはずの俺の物差しが、どこかで造りかえられてしまったからかもしれない。

「それで」

俺の声が、光の球の中で最後に残った紫煙を揺らした。

「あんたがたの神は、俺にいったいどうしろって言ってるんです」

「あなたは娘さんから離れたい。触れればお互いに傷つくから。けれどこうして離れた今、手放したくもない。そうですね」

「宗教家というのは、どうにも他人の心につけ込むのが巧いですね」

「多くは、だれにでもあてはまる当たり前のことを言っているだけです。人と人は惹《ひ》かれ合うと同時に疎み合うものです。そこが、信仰の必要とされる点です。生まれ持った自然の幸せの定義は、あまりにも複雑で、矛盾してさえいる。だから信仰がそれをより単純に、明確に、再定義するのです。我らが主イエス・キリストが、それをしました」

再定義。どんなふうに？

「ですから、愛する以外のことをするなと」

「なるほどね」

俺は二本目の煙草に火をつけた。今度は、なんとか煙を吸い込むことができた。

「それができるやつにだけ、扉を開くわけですか」

ところが老師は首を振った。

「言ったでしょう。神はなにもしません。みな、人間の仕事です」

13

本は暗いところで読んだ方が、なぜだか安心する。小さい頃からずっとそうだった。母が本など一冊も買ってくれなかったから、ほとんど図書館から借りたものだ。今こうして、ピックアップトラックの助手席に丸まって室内灯の下で読んでいる本だけが、自分の唯一の蔵書だった。父にもらったものだ。文字を目で追っている間だけは、父がいないという不安を忘れられた。

けれど、さすがにあたりが真っ暗になって読みづらくなってきたので、あたしは本を閉じてスポーツバッグの上に置いた。それから、教会が導いてくれるという歌のことを考えた。どんな歌で、だれのために、いつ響くのだろう。

どれくらい教会に近いところまで来たのか、自分でもよくわからなかった。山を下りる道がいくつもあって、崖の上から教会を目印にしながら勘を頼りに下り坂の一つに踏み入ったら、教会が木々の陰に隠れて、道に迷ってしまったのだ。そこから夜中歩き回って、身体は草と汗のにおいでいっぱいになり、足はもう動きそうになかった。

同じところを何度もぐるぐる回っているような気がした。やがて、荒れ果てた休耕畑の端に駐《と》められた車を見つけたあたしは、ドアに鍵《かぎ》がかかっていなかったのをいいことに、くたびれ果てた身体を助手席にねじ込んだのだ。

バッテリーがあがってしまうといけないので、あたしは室内灯を切った。とろりとした暗闇があたりを覆い尽くした。東京の夜は本物じゃないんだな、と息を潜めて思う。まったくの黒一色の中で、なにかの羽音と鳴き声が響き合っている。

けっきょく、教会に着けなかった。神さまが歓迎してくれていないのかもしれない。あたしがここまでひとりで歩いてきて確かめたことは、つまり、父がもうあたしのそばにいない、という単純な事実だった。これから先もずっと。それは証明するまでもない不在だ。教会で再会できるなんて妄想だ。父はあたしを残していなくなってしまった、それだけなのだ。扉が開いても開かなくても、同じだ。

車がほんの少し傾いだ。あたしはびっくりして外を見た。運転席の窓の向こうに人影がある。あわててドアを押し開き、外に転げ出た。

「ごめんなさい、ちょっと休んでただけなんです！」

相手がだれかも見ずに、あたしはまだあたたかいボンネットに両手と額を押しつけて謝った。鍵がつけっぱなしだったのだから、予想してしかるべきだった。運転手が一時的にここに駐めておいただけで、すぐに戻ってくると。

「いえ、かまいませんよ。道に迷ったのですか？」

優しげな声が返ってくるので、あたしは顔を上げた。

最初は真っ暗闇のせいで背格好すらよくわからなかったけれど、その人は運転席に身体を滑り込ませ、キーをひねった。車体が震えてエンジンがかかり、あちこちの照明がともる。紺色のスータンを着た神父だった。ほとんど白髪に近い金髪と、ターコイズ・ブルーの目。笑うと、顔全体にくしゃりと深いしわが寄る。

「教会に行く途中だったんですか？」

「え？　あ、はい」

間違いなく白人なのだけれど、きれいな日本語だった。

「それは幸運でした。私も修道院に食糧をとりにきただけですので、すぐに戻るところだったんです。こんな時間です、送っていきますよ。お乗りなさい」

「いいんですか」

「おや。荷物だけ載せていけとでもいうのですか？」と神父が笑う。

「あっ、ごめんなさい」

運転席にバッグを置きっぱなしだった。あたしがドアを開けると、神父は笑ってバッグを取り上げて後部座席に移し、場所を空けてくれた。今さら固辞するのもかえって恥ずかしく、あたしは恐縮してシートに腰を下ろした。尻でなにか固いものを踏んづけて、変な声をあげて腰を浮かせてしまう。引っぱり出してみると、あの本だった。さっきバッグの上から落っこちたのだろう。

「その本……」と神父が表紙を見つめて言った。

「これですか。父がくれたんです。見本誌がたくさん余ってるからって」

「ああ」神父はしばらく、あたしの顔をじっと見つめた。「あなたは、あの人の娘さんでしたか」

「父を知ってるんですか」

「ええ、お逢いしました」

そうか、この島には神父が二人しかいないというから、来訪者のほとんどを知っているのだろう。でも、神父はそれ以上なにも言わず、シートベルトをしめた。

車がゆっくりと動き出す。がたがたの細い道を、林の中へと。

「少し遠回りになります。車が通れる道が限られているんです」

神父のその言葉を最後に、しばらくの間、夜を埋めるのはエンジンの駆動音と車体の軋みとタイヤが土砂を嚙む音だけになる。

「父を捜しにきたんです」

あたしはそう言ってみた。神父は長い間、ステアリングを握ったまま、ヘッドライトを吸い込む前方の暗闇を見つめていた。

「教会にはいませんよ」

窓の外でざわめく木々の黒々とした影がまばらになった頃に、神父はぽつりとそう言った。

「そういう、便利な奇蹟を提供してくれる場所ではありません」

「知ってます」

「でも、あなたが見つけることはできます。そういう場所なんです」

あたしは神父の横顔をじっと見つめた。意味がわからない。

「教会は、ただひたすらに、孤独を癒《いや》すためだけの場所です。あなたが望むもの、あなたが失ったもの、みんなそこにあります」

あたしは黙ったままフロントガラスに目を戻した。自分が望むものがなんなのかだってわかっていないのに。

「人はどうして孤独になるかわかりますか?」

「さあ。わかりません」

あたしは、気づいたらひとりだったから。

「時間が流れているからです。だれでも時がたてば忘れるし、忘れられます」

なんて哀しい結論だろう、と思う。どうしようもない。でも、それが真実だとあたしは知っている。父はあたしをもう忘れているだろうし、あたしもいずれ父のことを忘れるだろう。

「ですから、扉の向こうの時を止めたんです」

止めた？

時間を、止めた？

あたしは神父が言葉を続けるのをぼんやりと聞く。そこでは、現在と過去が混じりあう。失ったものすべてが、そこにある。何度も聞かされた、虚《むな》しい物語。だいいち、あたしは父を失ったわけじゃない。最初から父は母のもので、あたしのものじゃなかった。あたしは棄てられただけだ。

「扉の向こうのことなんて、どうでもいいです」

あたしの声は、フロントガラスの内側をゆっくり伝い落ちた。

「どうせ扉は開かないんだから。愛し合ってる人がいれば、片っぽだけ教会に行っても大丈夫なんじゃないかって、思ってました。でも、どうせパパはあたしのことなんてなんとも思ってなかったんだし、開くはずがないです」

「開きますよ」

あたしは神父の唇を見た。言葉の輪郭さえ信じられなくて。

「ひとりでも、開きます」

「だから。パパはあたしがきらいだったんです。あたしには、一緒に扉を開けてくれる人なんていない」

「いますよ」

あたしは、ヘッドライトの照らす狭い範囲からぬるぬると這い出ては車の側面を滑って消えていく闇に目をさまよわせた。やがて神父は、素数の話をしてくれた。孤独な数たちのこと。孤独を背負って十字架にかけられた『2』イエス・キリストのこと。孤独にみえるはずの素数にさえ含まれる、『1』神さまのこと。

「その変な理屈はもう、知ってます」

「ああ、そうでしたね」

「あたしは、さびしくなくなるならだれでもいいわけじゃないんです。イエスさまとか神さまとか、そんな知らない人に想ってもらってもしょうがない。パパじゃなきゃだめなんだから」

「その変な理屈を考えた人は、学者だったようです。もう一つ、私の教わった変な理屈をお話ししてもいいですか」

「好きにしてください」

ぶっきらぼうに言ってしまってから、こんな言い方をされたんじゃ怒るかもしれないな、と悔やむ。でも、顔を向ける気にもなれなかった。

「ニュートン力学は学校で教わりましたか」

「教科書なら、もらってすぐにぜんぶ読みました」

あたしはずっとひとりで、手に入る活字はみんなしゃぶるように読んでいた。

「では、運動の第三法則も知っていますね。作用・反作用の法則です」

闇に目を凝らしながら、思い出そうとする。あたしが壁を殴ると、壁もあたしの拳を傷つける。そんな話だった気がする、

「この法則は、ごく簡単な思考実験から導けます。この宇宙に、私とあなた以外の物体がなんにも存在しない、そんなところを想像してみてください」

今だってほとんどそうだ。

「万有引力によって、私とあなたは接近します。私があなたに近づいているのか、あなたが私に近づいているのか。どちらがどちらをどれだけ引き寄せているのか。他に

なにもないのですから、判別できません。ただ、私とあなたの二人が、ある強さの力でもって、近づく方向へと加速度を得ている。それだけです。私があなたを引き寄せていることと、あなたが私を引き寄せていることは、同じです。区別できないことなんです」

あたしは神父の顔を見た。もちろんあたしの世界には、がたがた揺れるフロントガラスや、その向こうでざわめく木肌や梢《こずえ》の葉や、それを包み込む夜とその裏側に寄り添う朝が含まれている。二人だけではない。ただの思考実験だ。

神父が言う。

「愛することと、愛されることは、同じです。区別できない」

あたしは無意識に首を振っていた。

「そんなの」自分の声が、泣いているみたいに聞こえる。「ただの屁理屈じゃないですか。なんの役に立つんですか」

「その学者は、その屁理屈を使って最初に教会の扉を開け、その向こうの時間を止めたんです。そして、教会の教えをまとめ、この島に楽園を築きました」

「だれなんですか、その学者って」

「詳しくは記録が残っていません。日本人だったことはたしかです。戦後すぐにこの島を丸ごと買い上げたといわれています。私たちはその方の教えを受け継いでいます。ですからその方のことは教父とだけ呼んでいます。名前さえも、どこにも記録がないのです」

教父。

その呼び方を、あたしも知っている。本で読んだからだ。

この島の、最初の神父。ひとりで扉を開き、時間を止めた人。

そのとき不意に、遠い楽音が聞こえた。あたしは車窓の向こうに目をこらす。ずっとずっと高いところから伸びてきた手が背中にするりと入り込んで、そのまま魂をつかみ出すような、そんな音。

オルガンの音だ。

そこにいくつも重ねられる歌声。何百人、何千人もの、言葉も定かではない、茫洋とした合唱。

車が停まる。

「行きましょう。ここからは坂が急すぎます、歩きです」

神父がシートベルトをはずしキーを抜いて、ドアを押し開いた。歌がいっそうはっきりと流れ込んでくる。これが、あの医者の言っていた歌だろうか。人の声ではないようにも聞こえる。もっとずっと表情がなくて、うつろな音だ。旋律も、和声も、はっきりしない。それだけに胸がざわつく。

外に出ると、神父がスポーツバッグを後部座席から引っぱり出し、あたしの腕に押しつけてくる。それでもあたしは車のルーフにしがみついて、暗い空を見上げている。木々の影は消えていて、あたしの足下から、うっすらと青い光をたたえた夜明け前の空に向かって、黒々とした斜面が持ち上がっている。その先、二つの闇の境界線上に、大きなシルエットがそびえている。

歌が吹きつけ、あたしはその奇蹟の重みに、倒れそうになる。神父があたしの肩を優しく支えた。

それから神父は、トラックの荷台の紙袋を取り上げ、ごつごつした岩だらけの坂道を歩き出す。あたしはスポーツバッグをきつく抱いて、蕭々《しょうしょう》と降り注ぐ歌を浴びたまましばらく呆然としていた。音の流れの切れ目を探し出し、なんとか足を踏み出す。古い時の流れがあたりの空気に入り混じって逆巻くのをあたしは耳で感じる。

14

　わたしはひどい寒気の中で目を覚ました。降りしきる霧雨《きりさめ》に全身が濡れそぼっているような錯覚にとらわれて、額や手首を確かめる。でもそれは雨ではなかった。ベッドの脇の机に電気スタンドが灯り、その前で直樹がファイルを手にしたまま椅子から腰を浮かせ、天井をにらんでいる。

　音楽のようなものが、遠くから聞こえているのだ。

　音楽？

　毛布を払いのけてベッドから下りる。コテージ全体が微震しているような気がする。窓の外の暗闇がかすかに透き通り始めている。

「さっきからずっと聞こえてる」と直樹が言った。

　ここに案内してくれたあの女の人が言っていた。教会から合唱みたいなものが聞こえることがある。そのときに教会に行けば、扉が開く。

「行こう直樹」と、わたしは床のリュックサックを取り上げた。「歌ってる間に行かなきゃ。止んだら、扉が開かなくなっちゃうかも」

「あれは歌なんかじゃないよ」

　直樹は椅子に座り直し、手にしたファイルをまた机に広げ、カセットから引っぱり出したインクリボンを電気スタンドにかざしている。

「『先生』がなにを見つけたか、だいたいわかってきたんだ。あんなの奇蹟でもなんでもない」

「そんなのどうでもいいから！」わたしは直樹の腕をつかんだ。「もう夜が明けそうなの、早く教会に行かないと」

「今、ファイルにない文書を読み取ってるんだってば！」

　直樹はわたしの手を振り払った。

「五文字ぶん重なってるから読むのに時間がかかるんだよ、あと少しで」

　わたしは直樹の身体を椅子ごと押しのけて部屋を飛び出した。コテージの外にはぼんやりと微熱を帯びた夜の空気が漂っていた。空は、濡れた輝きを放つ星々で埋め尽くされている。もう霧雨の手触りはわたしの肌から完全に消えていて、ただ聞こえるか聞こえないかというほど小さなオルガンの音が、それから重なり合うおおぜいの声が聞こえた。風と風車のせめぎ合う軋みにまぎれて、旋律ははっきりと聴き取れない。

でも間違いなく、この発電所の草原の入り口の方、つまり教会がある東の空から聞こえている。夜の底の方から光の予感が染み出てきているのもわかる。

わたしはリュックを肩にかけ、さざめいては波を返す暗い叢海《そうかい》の中を走り出す。頭がふらついて、吐き気がまたこみ上げてきた。でも、足を止めてはいられない。

「姉さん！」

直樹の声が追いかけてくる。たしかに音楽が鳴っている。先生と来たときは、あの教会は白々しく黙り込んでいたくせに、今は夜明けの空へ高らかに歌を放ち、わたしを招いている。先生もこれを聞いたのか。いや、とわたしは不意に浮かび上がってきたその想念に震える。今、これと同じものを、遠い過去の先生が、けれど同時に聞いているのかもしれない。どうしてそんなあり得ないことが頭をかすめたのかはわからない。でもとにかくわたしは歌の源に向かって走る。夜明けが近づいてくる。

15

かすかな歌声と一緒に窓から吹き込んできた風が蠟燭《ろうそく》の火を揺らし、部屋の石壁に俺自身の影を不気味に踊らせた。俺は手にしていた教会の設計図をぼろぼろの木台に投げ出し、窓に駆け寄った。折り重なったジョガの梢がつくる影の向こう、東の空はしらしらと明けはじめ、低いところで光る星の姿は薄らいできている。

たしかに、音楽が聞こえる。人の歌声というよりは獣の吠《ほ》え声のようだ。それから音の輪郭を曖昧《あいまい》に塗り広げる、深い音。オルガンだろうか。

この修道院は、山の北東にあるはず。俺は設計図を取り上げて焦る手でページをめくる。島の全体図が最後のページに出てくる。間違いない。聞こえてくるのは、教会がある方角からだ。これが、老師の言っていた歌なのか。教会が呼んでいる？　俺みたいなのでも神さまは歓迎してくれるってのか。

いや、咲希が今、教会に迎え入れられようとしているところかもしれない。港からここまで夜通しで歩いてきたのかもしれない。

咲希が、教会で待っている。

もう一度、設計図のページまでめくり戻した。すべてが計算しつくされている。あの不安定で危険な場所に建てられたことさえも。だから、教会が人を呼び、受け入れるなどというのは嘘っぱちだ。

でも、咲希が教会で待っているのはわかる。今こうして、澄んでいく深い青の中に暁の予兆を探りながら、同じ歌を聴いている。なぜかそれがわかる。

俺は石床に放り出されたバッグを取り上げると、蠟燭を吹き消した。柔らかい暗闇があたりを覆った。なんとか歩けそうなくらいの明るさはありそうだ。廊下に出て、隣の老師の部屋の前を通り過ぎるとき、ふと思った。俺の幸せの定義は、たとえばったあれだけの説話で、塑造《そぞう》されてしまったのだろうか。

そんなわけはない。まだ俺はずっと迷っている。教会にたどり着き、そこで咲希がほんとうに待っているとしても、どうしていいのかわからない。人間が目的論的に迷う時間と労力の無駄を省いてくれるのが信仰なのだとしたら、俺はそんなもの持ち合わせていない。あったらもっとましな場所にいる。

それとも、こうして歌に惹かれるようにして修道院を出て、芋畑を掻き分け、足をゆるめることなく夜の尽きる方へと向かわせている力が、それなのだろうか。

再び林の中に足を踏み入れたとき、俺は一瞬だけ、まったくべつの時間の流れに入り込んでしまったような感覚にとらわれた。ずっと先の未来で、だれかがこの道を通り、俺と同じようにあの教会に向かう。信仰だか焦燥だかよくわからないものに背中を押されて、夜の中を走る。そんな気がした。だから今、俺は、そいつの隣を走っている。汗も息づかいも感じ取れそうな気がする。

16

林が開けた。青くほの明るい空に、すぐ目の前を走っている姉の背中が投げ出されたように見えた。僕はそれを追いかけて木々の間から出た。

暗くごつごつした岩場の斜面が、明けつつある空に食い込むようにのびている。海に向かって突き出した崖なのだ。教会の輪郭も、ファサードを彩る柱やアーチや飾り破風やアルコーヴの聖人像も、黎明《れいめい》を背にしてぼんやり見えるようになる。もう、吹き下ろすそれが人の歌声でもオルガンの調べでもないことがはっきりわかる。

姉が腹を腕で押さえながら身をよじり、這うような走り方で坂をのぼっていく。

「姉さん、無理するなって、転んだらどうするんだよ！」

教会に続く坂は岩だらけで、暗い中を走っていると何度もつまずいて転びそうになる。どこかに、踏み固められて草の生えていない道があるのだろうけれど、発電所の草原から闇雲に林に分け入り、あの音を頼りにほとんど直線距離を走ってきた僕らには見つけられなかった。

姉の背中が、近づいてくる教会の影に押し潰されそうになる。真正面から分厚く降り注ぐ合唱に、僕だけが、嘘っぱちの奇蹟など信じていない僕だけが押し戻されそうになる。行かせてはだめだ。ひとりで行かせたら、姉はまた『先生』のものになってしまう。僕は、取り戻すと決めたのだ。姉の中にある父親を、欠片さえ残さずに踏み砕いて、僕で埋め尽くす。姉があの男に求めていた、だれにも邪魔されないこの蜃気楼の楽園での暮らしを、僕がかわりに与える。そうしてこの島に充満する、病原菌だか神さまの祝福だかよくわからない毒が二人を殺して腐らせて溶かしてひとつの潮だまりにしてしまうまで、僕は姉を、姉は僕を、貪《むさぼ》る。そう決めたのだ。だから僕は石くれを蹴り散らして坂を走った。

教会の入り口に明かりが灯った。ほんの数メートル先を走る姉の背中と、振り乱された長い髪が逆光の中に浮かび上がる。

小さなアーチの下に人影がある。黒っぽくてゆったりしたものを着ている。金髪で、若く背の高い男だ。神父なのだろう。明かりは彼が手にしているオイルランプだけではなく、柱の上の方にも二つ吊《つる》されていた。電灯だろうか。

「待っていました」

若い神父はそう言って、持ち上げていたランプを下げた。教会入り口前の広く土が剝き出しになったところにたどり着いた姉は、身を二つに折って膝をつかみ、荒い息をついている。すぐに追いついた僕は、その背中をさすった。

「何年ぶりでしょうか。またいらっしゃると思っていましたよ」と神父が言う。

「先生のこと、報せてくれたのは」と姉が顔を無理に持ち上げて訊ねる。

「私です」

神父は微笑んでうなずく。三十代になったばかりくらいだろうか、浜辺の砂のような色の髪も、肌も、まだ若々しい。ヨーロッパ系の顔立ちだったけれど、日本語の発音にはおかしなところがまったくなかった。この若さで、教会の管理者なのか。それとも弟子の方だろうか。

「中はまだ涼しいです。お入りなさい」とにこやかに言う神父を、僕はにらみつける。姉がふらつく足取りで神父に歩み寄った。神父が幅の狭い戸を開くと、強く噴き出してきた風に姉の髪が激しく舞い上がった。

「入り口が二重なのは、気密のためですね」

入ってすぐの短い廊下で、僕は先頭を歩く神父に向かって姉の肩越しに言った。神父が持つランプの明かりだけなので、高い天井はよく見えず、びっしりとキリストや聖人や天使の絵が描かれた左右の壁はそのまま僕らを押し潰しそうに思えた。耳の内側が痛んだ。

「よくご存じですね」と神父が答えた。姉が訝しげに僕の顔を見る。

突き当たりにある、さらに小さな扉を神父は押し開いた。姉の髪が冷たい風に乗って僕の頰を打った。オレンジ色の柔らかい光が扉の向こうからあふれてきてランプの火を呑み込む。

神父の言った通り、聖堂の内部はしんと冷えていた。天井はひどく高く、立てた砲弾のような形に湾曲している。円柱はみな身長の三倍くらいの高さまで紫色の緞子《どんす》でくるまれ、その上に取りつけられた百を超える燭台《しょくだい》にはすべて火が灯されていた。正面奥の主祭壇は大理石らしき八本の細い柱で支えられた高い天蓋を戴いていて、金《きん》泥塗《でいぬ》りの天使像がその天蓋の上で四方を見据えている。

祭壇の向こうに、大きな両開きの扉が見えた。姉が扉を目にして背中をこわばらせ立ち止まった。三人分しかなかった足音がひとつ途絶え、僕のものも途絶え、神父だけが左右に並ぶ長椅子の間を祭壇に向かって歩いていく。

外ではあれほど吹きすさんでいた不気味な合唱が、ここではぼんやりと胃袋の底に降り積もっていくみぞれのようにしか感じられない。

「歌が……」

姉が耳の後ろに手をあて、濡れた目で深い天井を仰ぐ。

「止んだわけではありませんよ。安心してください。堂内では響き方がちがうだけです。まだいくらか時間があります。こちらにいらっしゃい」

神父が祭壇の手前で振り返って言う。姉は毛足の長い赤紫の毛氈《もうせん》を蹴って祭壇に駆けていく。響き方がちがうのは、位置のせいだけじゃない。僕らの耳が少しおかしくなっているのだ。まるで二晩ぶっ通しで荒波の中を泳いだ後みたいに、僕の足は重たかった。姉と神父は低く幅の広い階段をあがって天蓋の下に入り、祭壇の脇を通り抜けて奥の扉に向かう。

「あなたは一度、お父様とここにいらっしゃっていますよね。それでは、この教会やこの扉に関する説話は」

「知っています、聞かなくても大丈夫です、お願い早く、歌が終わっちゃう」

姉は扉に手を触れさせて懇願する。なんの装飾もない、ただ高くて大きいだけのマホガニー材の扉だ。それはたぶん、強度と気密性を最優先に造ったから。

「ああ、しかしお連れの方に説明しなければ」

「僕もみんな知ってます」

祭壇の手前まで駆けあがり、僕は神父をにらみつけたまま言った。

「神がここでなにをどのように裁くのかを？」

「そんなのは知ったことじゃありません。僕が知ってるのは、ここに神さまなんていないってことです」

姉は不安に溺れそうな真っ暗な目で、神父は夜中の海の色をした冷たい目で、僕を見つめている。

「そうおっしゃる方は、ときどきいますね」

「僕はほんとうに知ってるんです。父がみんな調べ上げた。鳴ってるのは歌でもオルガンでもない、あれはただの風でしょう？」

神父の瞳の海には、波ひとつ立たなかった。僕は唇を嚙み、姉に目を向ける。

「聖堂の屋根と尖塔《せんとう》の腹に、ちょうど喇叭《らっぱ》みたいな複雑な形状になった孔《あな》があけられてる。教会の見取り図に書いてあった。親父は島中調べて答えを見つけたんだ、どうして船が島の東側を通らないのか。この島には定期的に強い北東の海風が吹く。教会を設計したイエズス会のだれかもそれを知っていた。だから海っぺりのこんな高くて危なっかしいところに建てたんだ。この教会は巨大な楽器なんだよ」

「……直樹、なにを、言ってるの」

姉の声は震えている。今も頭上の管の中を激しく吹きすぎている海風と、それが奏でるにせものの讃美歌のせいなのか、それとも僕の言葉が揺さぶったのか。

「奇蹟なんてないってことだよ。北東の風が吹いているとき、堂内の空気がいくらか外に抜けるようになる。歌が聞こえたときに教会に行くときまって扉が開くって、あの女の人が言ってただろ。それが理由だよ」

「空気……？」

「そう。神さまなんていない。だれも愛があるかどうかなんて測ってない。その扉を押さえつけてるのはただの気圧差なんだ」

姉の手が真鍮《しんちゅう》の簡素なノブをまさぐっている。神父の目は聖人像のそれよりもずっとうつろだ。なのにどうして僕は、祭壇を間に置いて話しているんだろう。どうして二人の前に身一つで立てないんだろう。

「僕はもうやり方だって知ってる。『先生』がみんなレポートに残した。そのノブの片方ずつを持って引っぱるだけなんだろ？　愛なんかじゃない。二人とも開くって信じて同時に引っぱれば、両開きの接触面に隙間ができて開く。歌が鳴ってるときは気圧差が少しだけゆるくなって、開きやすくなる。たったそれだけだよ。開かないのは、どっちかが開かないって思ってるからだ。奇蹟も愛も神さまも関係ない、二人で引くだけで開くんだよ、だから姉さんのときだって――」

僕はそこで言葉を呑み込んだ。

今、僕は、なにを言っている？

神父の目がかすかな憐《あわ》れみに濡れている。僕の暴《あば》いたことが、なにからなにまで真実なのだと、それだけでわかる。

その扉によって確かめられるのは、二人ともが開くと信じているかどうかだ。

二人ともが、信じているかどうか。

やがて、僕らを包んでいた無音の音楽が密度を失って散り散りになっていく。

「時間です。風向きが変わりました。通風孔を閉めてきます」

神父が天井を見上げて静かにそうつぶやき、祭壇の右手奥にある階段口に向かう。

足音が石段をのぼって遠ざかっていく。

「直樹」

姉が僕を呼ぶ。

「来て。一緒に開けて」

僕は無意識に首を振った。

なにをやっているんだ。僕はいったいなにを暴いた？　神さまの不在証明は、愛の不在証明にならない。それどころか僕はいま――

この教会の正しさを、明かしたのだ。

たしかに、愛を秤る場所だと。

でもそれは、右のノブを握った者と、左のノブを握った者との間の愛ではなくともかまわない。ただ、想いの強さだけがあればいいのだ。

それが僕の、そして父のたどり着いた真実。

「お願い。一緒に開けて。通風孔閉まる前に」

唇を噛みしめて、頑《かたく》なに首を振る。

「いやだよ。そんなのは確かめたくない」

だって、わかっている。姉は僕のことなんて想っていない。ただ『先生』のことしか見ていない。扉が開いてしまえば、僕はそのどうしようもない事実を、自分の手で証明してしまう。

「いやだ。もうやめよう。もういいよ。こんなくだらない儀式で認められなくたって。僕らはただ逃げてきただけなんだよ。二人だけでだれにも邪魔されないならそれでいいんだ。あの医者みたいに、島のどこかに隠れて住めばいいじゃないか」

「それじゃだめ。今までと同じ。わたしはもう先生に引きずられながら生きてくのはいやなの」

「僕だっていやだよ！」

叫んだとき、頭痛と耳鳴りがやってきた。堂内の気圧が変わったのだろうか。

「忘れればいいだろ、もう死んでる人間なんだから。姉さんのことどう思ってたって、もう確かめようがないんだよ」

「この向こうは時間が止まってるんでしょ？　先生にも逢える」

「そんなの信じてるのかよ。奇蹟なんてないし神さまもいないって僕が今はっきりさせたじゃないか！　時間が止まってるなんて、そんなことあるわけが」

姉は僕の言葉を髪で振り払うようにして、扉の方を向いた。二つのノブに両手をかけ、両脚を開いて腰を落とす。張りつめた両肘の軋みが聞こえそうだ。

「やめろよ！　ひとりで開くわけない！」

僕は祭壇をほとんど飛び越えるようにして姉の背中に飛びついた。両腕が青筋立っている。ノブの金属が姉の指に食い込んで、血の流れの止まった肌が真っ白になっている。僕は喉の内側がまくれ返りそうなほど震えるのを感じる。どうしてそこまで。やめてくれ、お腹に子供がいるのに、これから生まれてくるかもしれないいのちよりも、ぼくとの半分ずつで刻んでしまったいのちよりも、自分を棄てて楽園に残った死人の方が大切なのか。ふざけるな。どうして。どうして！

僕は姉を背中から抱きすくめた。左腕で胸を強く引き寄せ、右手を伸ばして、ノブにからみつく姉の右手の甲の上から握りしめた。

そのとき、世界が真っ二つに割れる。

ごうと風の逆巻く音が僕らを押し包み、背中にすさまじい衝撃が叩きつけられる。目の前にばっくりと口を開けた暗闇がなにもかもを呑み込もうとしている。

「押さえてください！　いっぱいまで開いて！」

声とともに、横から伸びてきた手が左側の扉をつかんだ。開いている。扉が開いているのだ。僕らの背中を今にも床に薙《な》ぎ倒しそうな勢いで押しているのは、気圧差が巻き起こす風だ。隙間の向こうにある暗闇へと吹き抜け、扉が再び閉じようとしている。僕は扉の右側に手をかけた。片手では無理だと悟り、姉の身体を離して左手を加える。身を傾け、力の限りに引いた。逆側で同じように扉板を両手で支えている神父の姿が見えた。

手の中で抵抗が消えたと思った次の瞬間、扉は逆に壁に叩きつけられる。弱まりつつある風に背中を押され、姉が扉の奥の暗闇に足を踏み出す。

「姉さん！」

呼び止めようとした声が、わんわんと闇に反響する。僕は息を呑む。扉の向こうは屋外ではなかった。怖気が立つほど急な傾斜の、下り階段だ。

かすかに、潮のにおいが漂ってくる。はるか眼下、階段の尽きるあたりに、ぼんやりと光が見える。姉の儚《はかな》げな後ろ姿が、それに向かってまっすぐに落ちていくように見える。

扉は、開いてしまったのだ。その事実が、ようやく僕の心臓に届き、打ちのめす。膝が折れそうになる。どうして開いたんだ。むなしい自問が、せめぎあう風にもまれて千々に消える。わかっている。僕が姉に手を貸してノブを引いたのだ。だから開いた。それだけだ。どうして。どうしてそんなことをした？

「行きましょう」

神父が言って、僕の背中をそっと押した。僕はもう、その声に逆らう気力もなかった。闇に足を踏み入れ、絶望の中に沈んでいくに任せる。

17

下り階段が尽きた。わたしは淡い光の中に踏み出す。足下の感触が硬い石から柔らかい草に変わる。潮のにおいが吹きつけ、わたしの髪をなぶる。

そこは、海と空の間に浮かんだ庭だった。

地面には褐色がかった草が一面に生え、いくつもの小さな石碑が、まるで祈りの一句を吟じる順番を待ちながらうずくまる子供たちのように等間隔で並び、草に埋もれていた。

その向こうで、唐突に地面は途切れ、その先にはわずかな厚みの銀色の海と、深い朝焼けの空だけが広がっている。

わたしは首を巡らせて、ここがどこなのかに気づく。崖の中ほどの高さから張り出した半月型の草地だ。教会の奥の扉から、崖の中をくりぬいた階段に直接つながり、そしてこの場所に出てきたわけだ。

一歩、二歩、草の上に足を踏み出す。

石碑はどれもわたしの膝までの高さしかなく、それぞれに名前と、年月日らしき数字だけが彫り込まれていた。

墓だ。

ここは墓地なのだ。

生まれ出でて様々なものとぶつかりあい、磨《す》り減り、傷をつくり、時が流れるにつれて孤独に呑み込まれ消えてしまう、それがいのちなのだとしたら、ここには生きているものはなにひとつなく、たしかに時間の流れが止まっている。

すぐそばの真新しい墓石に、わたしは探していた名前を見つける。それだけではなかった。墓石の手前の草の中に、黒っぽいものが埋まっている。

わたしは草むらに膝をついた。

背後で、二人分の足音が聞こえた。

「姉さん、それ……」

直樹の声がして、足音が二つにわかれ、わたしの左右に立った。それでもわたしは顔を上げられなかった。ただ、墓石の前に置かれた旧式の小さなワードプロセッサをじっと見つめていた。

……あなたの求めていたもの。あなたの失ったものです。

神父の声がそう囁く。
ここでは、時間が止まっている。
スイッチに触れると、現在と過去がもどかしい軋みをたてて混じり合う。
内部電源が目を覚まし、弱々しい光で液晶画面を照らしだす。
そうして浮かび上がるのは、先生の物語の、最後の断片だ。

18

歌が静まっていくのに反比例して、明け初める群青《ぐんじょう》の空を背景に、教会のシルエットがくっきりと浮かび上がり、その輪郭が白みを帯びていくのがわかる。明け方でもこの島の熱気は地面から染み出して、足早に坂をのぼる俺の肌をあぶる。すでに汗みずくで息も切れそうだった。

それでも足を止めない。教会の入り口に明かりが見えるからだ。それから人影もある。柱にしがみついて、徐々に向きを変える風にその髪を散り散りに泳がせている。俺に気づき、ランプの光の中から出てこっちに走ってくる。白いワンピースの裾が逆光の中でひるがえる。

「先生！」

俺を呼ぶ声が、歌とオルガンの入り混じった風を突き破って届く。咲希だ。ほんとうに俺を追いかけて教会に来ていたのか。

教会の入り口前、広く土の露出したところまでのぼりつめた俺は、駆け寄ってきた咲希の肩をつかんで押し戻す。

「……なんで来たんだ」

ひどい言葉が俺の唇からこぼれた。咲希の顔が泣き出しそうに歪んだ。俺だってひどい顔をしていただろう。でも言葉を続ける。

「なんでわかんねえんだ。置いてったんだから、そのまま船で帰れってことにきまってるだろう」

「どうして。そんなの。それなら、どうしてわたしを連れてきたの」

俺は咲希の小さな身体を押しのけて、教会の入り口に向かう。

「先生！」

咲希の声を振り払い、細く高い入り口の扉に手をかける。引き開けるのにひどく力が必要だった。たしかに設計図の通り、短い廊下を経てすぐにもう一つの扉がある。気密を高めるための構造だ。咲希の目の前で扉を閉める。外の淡《あわ》い光も、走り寄ってくる咲希の姿も完全に遮断され、俺の全身はすっぽり暗闇に包まれてしまう。

「先生、どうして！　待ってよ、わたし、先生と」

奥の扉を肩で押し開く。かなりの抵抗があった。中の気圧が高く保たれているせいだ。蠟燭の火であふれた聖堂内に身体を滑り込ませると、小さな扉は風に押されて叩きつけられるように閉じた。

「先生、開けて！」

咲希の声がして、扉がわずかにこちら側に押される。非力な咲希ひとりでこの戸を押し開けるのはかなり難しいだろう。好都合だった。その間に俺は閂《かんぬき》をかける。

「先生！」

悲痛な声が閂と金具の軋みに混じる。俺は唇を嚙みしめて扉に背を向けた。

死体置き場のビニル袋みたいに整然と二列に並んだ長椅子の真ん中を通って、俺は正面奥のきらびやかな主祭壇に向かう。ぞっとするほど空気が冷えているように感じるのは、外との温度差のせいだろうか。シャツにしみた汗がそのまま塩の結晶になってざらざらし始めたような不快感さえある。

天蓋のすぐ下まで来たとき、右手奥の方から足音が聞こえた。小さな階段口から、濃紺のスータンを着たあの白人の若い神父が姿を現す。

「……歌は、間に合ったようですね。もう風向きが変わってしまいますから」

ひどく冷たい声だった。それから、俺の肩越しに聖堂の入り口の扉を見やる。

「私は港に戻って、あの娘に訊いたんです。あなたはたぶんお父さんといても幸せになれない。ホテルで待っているか、あるいはそのまま船に乗って日本に帰った方がいいかもしれない。どうしたいですか、と」

「そんなことを頼んだ憶えはないんですがね」と俺は肩をすくめた。「まあ、その方がありがたいです。でも、けっきょく連れてきてしまったわけだ」

「あの娘が望んだことですから」

「あいつには俺しかいないから、俺にくっついてる。ただそれだけなんですよ。母親にだって棄てられた。他にいないから俺みたいなクズを慕ってる」

「だからどうしたんですか」

神父の声はさらに冷たくなった。

「たとえば神がどれほどの屑でも、他に神がいない以上、私たちはその神を愛するのです。神もそうおっしゃっている。我の他に神なしと。愛していいかどうかを決めるのは愛する側です。愛される側ではない。だから信仰が力を持つんです」

俺は天井を仰いで細く息を吐き出した。

「あんたらの聖書斜め読み技術は超一流ですね。なら、どうして今すぐあの門をはずして咲希を入れてやらないんです」

「あなたの望みだって、私は尊重します」

俺は神父の目を見た。朝焼けの色がかすかにさしている気がする。

「だから、今このときばかりは、正直に話してください。あなたはなにを失って、なにを求めて、ここに来たんですか」

「話してどうなります」

神父は、祭壇の向こうにある、堅牢《けんろう》な両開きの扉を指さす。あれに美鈴と二人で触れ、拒まれたのは、もう十何年も前のことだ。

「この向こうにある場所は、時間が流れていないんです。そこでは、過去と現在が混じり合うことができます。あなたが失ったものを、取り戻せる」

俺は目を閉じた。美鈴とこの島で交わした言葉は、もうひとつも思い出せない。妻や息子にいたっては顔すら浮かんでこない。失っていないのだ。最初から、触れてもいなかっただけだ。

「俺の人生は嘘ばっかりでした。商売だって嘘のセックスを書いて金をもらう仕事です。女房なんて世間体のことしか考えてなかった。俺の職は大学教授だって近所に言いふらしてたんですよ。ねえ、家族に関して俺が憶えてるのは、たったこれだけなんです。ほとんど家に居着かなかった。咲希と二人でやっていたのも嘘の家族です。そんな俺が今さらなにかを正直に話せると思うんですか？」

「はい」

神父はきっぱりと言った。嗤《わら》いもせず、責めるわけでもなく。

ほんとうに大事なことは、書かない。俺はそう言ったはずだ。それなのに。

閉じたままのまぶたの裏側を、ささやかな熱が巡る。

失ったもの。取り戻したいもの。

「取り戻したいものなんて、なにもありませんよ」

「でも、あなたがだれかの取り戻したいものになるかもしれない。未来とさえ、交われるのだから」

「なるほどね」

俺は目を開き、蠟燭の火にちくちくと痛むまぶたを何度かしばたたいた。それから祭壇の向こうに回る。

「言いましたよね。咲希は、どうしようもなく綺麗に育っちまった。俺は正直に欲情を感じます」

神父はうなずく。

「お聞きしました」

「あんたが言ったことを、もう認めていい。これは愛情なんでしょうよ。でも俺は、あいつからなにも奪いたくない。あいつの愛情はもっとべつの、幸せにしてくれるやつに向けてほしい。なんたって俺は父親です。そりゃあんたの言う通り、だれを好きになるか決める権利は本人にあります。でも俺にだって、ふる権利はあるでしょう」

神父は俺の唇のあたりを見つめて、じっと考え込んでいた。

「あなたのおっしゃる通りですね」

「ただ俺があいつをちゃんと愛してたことだけ、伝わればいいんです」

「では、どうするんです？」

「こうするしかないでしょう」

俺は両開きの扉の二つのノブを、それぞれの手で握った。

19

「……うそ。ちがう」

ワープロの両側に手をついて液晶画面を食い入るように見つめながら、姉はつぶやいた。僕もその背後に膝をついて、ワープロのメモリに保存されていたその文章を読んでいた。はるか下の方で波が砕ける音が聞こえた。

「ちがう。わたしは、先生と一緒に聖堂に入ったの。二人で、ドアを開けようとして、開かなくて、あきらめたの。こんなの嘘」

姉の声は痛ましいほど震えている。その背中に押しつけた胸から、姉の動悸が伝わってくる。あるいはそれは、僕の鼓動だったかもしれない。

父の、物語。

「たしかに、それはフィクションです」

傍らに立つ神父の声が、ひどく高いところから降ってくるように聞こえる。

「おそらく事実その通りなのは、修道院の場面まででしょう。なぜなら老師はもう亡くなっているからです。ここ十年、私は弟子になれそうな者を捜しながらひとりで教会を管理していたからです」

「それなら」

姉は顔をあげた。その目は涙がいっぱいにたまっていた。

「実際に起きたことは、あなたが知っている通りです。扉は開かなかった。あなたのお父さんはあなたひとりを船にのせ、島に残ったんです。彼がここに至ったのは、あなたが島を出てから五日後のことです。私は、島に住むことを認めました。彼はかつて教父が使っていたコテージに住み、ずっと小説を書いていました。それも、そのうちの一篇《いっぺん》でしょう」

そうだ。父の小説は、父がこの島にいる間にも次々に刊行され続けていた。だから僕も母も生活できていたのだ。どれだけ離れていても変わらずに続けられる、嘘の仕事だからだ。

そうしながら父は、これを書いていた。

真実を、書き換えていたのだ。いつかここに戻ってくる、姉のために。

「……この先は。どうなったんですか」

姉が神父を見上げ、ワープロの液晶画面を弱々しく指さす。

物語は、そこで途切れていた。愛を秤る扉の前で。

「ですから」

神父は、両手を広げた。

「これが、その物語の続きです。今あなたはここに戻ってきて、お父さんに再会したんです」

「いないじゃないですか」

僕は思わず声に出していた。立ち上がり、神父をにらみつける。

「どこにもいないじゃないですか。なにが時間の流れてない場所だ。みんな、みんな嘘っぱちじゃないか。こんなのただの墓場でしょう、なにも残ってない」

吐き捨ててから、ワープロに手を伸ばす。たぶん激情のままに叩き壊すか海に放り棄てるかしようと思ったのだ。でも、僕の中の熱は指先から発散して、潮風と波音と永遠の中に吸い取られてしまう。かわりに僕がしたことは、文書を保存し、フロッピーディスクを抜き取ることだった。手のひらにおさまるほどの大きさの黒いジャケットにかすかに残った、ぬくもり。まるで、父の体温のような。

神父は微笑んで、姉の肘をとり、僕の腕をつかんだ。そっと立たせ、墓地のさらに奥へと導く。その手は冷たく、優しく、力強く、振り払えなかった。

草地のいちばん海に近いあたりに、ぽつんとひとつだけ離れた墓石があった。指で触れただけで崩れそうなほど古く、摩滅していて碑銘はまったく読み取れない。

その墓石の前に、一冊の分厚い革表紙の本が置いてある。聖書だ。日本語で、そう書いてある。

神父が墓の前にかがみ込み、そっと聖書を持ち上げて膝にのせた。僕らに向けて、最後の方のページをめくってみせる。ヨハネの黙示録の結び、「この書物に付け加える者があれば神はこの書物に書いてある災いをその者に加える」という呪句《じゅく》でしめくくられようとしているその下の余白に、びっしりとペンでなにかが書き込まれている。次のページも、その次のページも。

名前だ。様々な国の、様々な人々の名前。多くはにじんで、古い紙が破れかけているところもある。けれど、みんな読み取れる。

「この島は、雨期になると一日に五回はスコールが降り注ぎます」

神父が囁く。

「けれど、なぜか雨が降るときにだけ、強い南西の風が吹くんです。だからこの場所は雨に降られない」

僕は神父の顔を見上げた。姉は聖書のページから目を離せないままだ。

「……たった、それだけ、ですか」

「はい。たったそれだけの奇蹟です」

この場所にある永遠。時の流れを止めているもの。

だからこの聖書も、父の遺したワープロも、朽ち果てずに僕らを待っていた。

ささやかで致命的な、奇蹟。

「扉を開き、ここを訪れた人は、みんなここに名前を記していきます。これは教父が使っていた聖書なのだそうです。もうずっとここに置いてあるんです」

僕も、再びページに目を落とす。姉の指が文字をたどり、やがてその名前を見つけ出す。父の名前だ。その隣に、同じ筆跡で、姉の名前が並んでいる。

藤岡　学　　藤岡　咲希

その二つの名前が、僕の視界の真ん中でぼやけそうになる。

「……わたし」

姉がつぶやいた。

「ここに、来てたんだ」

「はい」

神父が答える。

「あなたは、いませんでした。でもここに来ていたんです」

そうして今、父の物語は真実に置き換えられた。

父は、姉を手に入れたのだ。

僕は草の上に両膝をついた。姉の背中にしがみついていなければ、そのまま這いつくばっていただろう。みんなわかっていたことを、確かめただけなのに。

神父が袖の中に手を差し入れ、ペンを取り出した。姉は戸惑いに濡れた目でじっとそれを見つめた後で、受け取る。でも、その手はページの上に落ちたところで、凍りついて動かなくなる。

「質素な挙式で申し訳ありません」と神父が言う。「お二人の、名前を書くだけなんです。それで、結ばれます」

この、時の止まった庭で、永遠に。

姉が僕に顔を向けた。

「ねえ、直樹」

呼んだのが僕の名前だということを理解するのに、ひどく時間がかかった。姉が次の言葉を口にするのにも。

「東京に戻ろう」

僕は姉の唇を見つめ返す。もう、震えていない。

「戻ってどうするんだよ」

「わからない。また隠れなきゃいけないかもしれない。離ればなれになるかもしれない。でも戻らなきゃ」

「どうして。この島で暮らすんだろ。そう言ったじゃないか」

姉は涙の予感を散らすように首を振った。

「そしたら直樹は、わたしがここで先生としたかったような暮らしを、がんばって積み上げるんでしょう」

「それでいいって言ってるじゃないか！」僕は姉の肩に指を食い込ませる。「咲希があいつのことだけ考えてたって、それでいいよ。僕はうまくやる。東京でまた逃げ回りながら暮らすのなんていやだ」

母から、そして父の影から逃げ回りながら。ここに来るまでずっと繰り返してきた時間が、また続くなんて。

「だって、ここじゃ子供もちゃんと育てられるかどうかわからない。親もいない。わたしたち、まだ大学生なの」

「そんなのどうだっていい。二人してのたれ死んだってかまわない」

「ここにいたって、逃げてるのは一緒でしょ？」

僕は言葉を喉に詰まらせ、真正面から姉の視線にとらえられる。

「わたしはもう、直樹からも逃げたくないの。今までずっとひどいことを押しつけてきたけど、それから逃げたくないの。もう一度東京に戻って、最初から、最初に逢ったときの気持ちから」

「ひとりで戻ればいいじゃないか」

僕は目をそらした。

「一緒にいてくれればだれでもいいんだろ。そんなの、僕だって最初からわかってた。ならひとりで戻ればいい。咲希はもうひとりじゃないんだ、お腹に子供がいるじゃないか。そいつに親父の名前でもつけて育てて、犯して、寂しいのを埋めればいい。今ここでそのボロ聖書に名前を書けばいいじゃないか、ここに一緒に来た人間なんだ、生まれてもいないうちから結婚すればいい」

僕の言葉が、姉の心のどこをどういうふうに打ち砕いたのか。ずっと顔をそむけて海に向かって吐き出していた僕には、わからない。でも、視界の端で姉がペンを持ち上げるのが見えた。

「……直樹の言った通りに、できるんですか」

姉がそう神父に訊ねるのを聞いて、僕は崩れ落ちそうになる。

「あなたが望むなら」

神父が答える。

書けばいい。僕に関わりのない鎖の果てで、その子に呪いを押しつければいい。

でもそのとき、姉がもう一度だけ僕を呼ぶ。

「ねえ。この子には、直樹の名前をつけるよ」

僕は振り向く。

「どうして」

「だって、他に、直樹がいないのを埋める方法なんてない」

「やめろよ。僕を巻き込むな。僕のことなんてなんとも想ってないくせに、僕をこれ以上引きずり込まないでくれ」

でも僕は、姉のわななく唇と、海に沈みかけた瞳に、僕自身の姿を見つけてしまう。この世界に、僕と姉の二人しかいなかったのだ。姉が僕を引きよせたことと、僕が姉を引きよせたことを、だれがどうやって区別できる？

姉が握りしめたペン先が、ページに触れる。

父と姉の名前の隣、わずかな余白に藤岡直樹の四文字が刻まれたとき、僕はこの身がどうしようもなく歪んだ連鎖に組み込まれ縛りつけられ引き伸ばされ鋳固《いかた》められたのを感じた。

焼けるような痛みに、膝をつく。神父が僕の肩を支えてくれる。

「あなたの名前じゃない」

姉が左手を自分の下腹に押しつけて囁く。

「この子の名前。だから、ねえ、直樹。賭《か》けをしよう」

僕は耳鳴りと海鳴りの中で、のろのろと姉の顔を見上げる。

「……賭け？」

「男の子だったら。わたしはこの子に直樹の名前をつけて、あなたが言った通りに育てて、犯して、貪って、ばらばらにして、あなたがいない寂しさを埋める」

目をそむけそうになり、唇に歯をたててこらえる。

「女の子だったら、あなたが名前をつけて」

姉が右手を伸ばす。僕の掌《てのひら》に、ペンが滑り込む。

女の子だったら。僕が、名づける。

「僕は」

　こわばって奇妙な摩擦音さえ混じった僕の声。

「たぶんその子に、咲希よりもずっとひどいことをする」

「たぶん。わたしたちは、どうしようもないんだよ」

　ペンの冷たさを、そこに残った姉の体温を、確かめる。

　それなら僕は、その子に、僕らをここまで引きずり回して、つなぎ止めて、切り刻んで、灼《や》き焦がしてきた、そのくそったれなものの名前をつけよう。

　そうして炎で傷口を潰してふさぐように、この連鎖を終わらせるか。それとも流れ続ける血で物語の先を綴《つづ》るのか。その子に選ばせよう。

20

あたしがその真っ暗な階段を下りきって柔らかい草地に踏み出したとき、ちょうど正面に生まれたての光が見えた。思わず広げた手で目を隠す。夜明けだ。何色なのかもよくわからない海から、太陽の最初の一片がのぞいたのだ。

草むらのそこかしこにうずくまった小さな墓石が、みんな長い影を差し伸べている。枯れ草と潮のにおいが、いのちを取り戻し始めた朝の空気に満ちている。

あたしを案内してくれたのは、トラックに乗せてくれた金髪の神父ではなく、教会で留守番していた若い東洋人の神父の方だった。港で最初にあたしの世話を焼いてくれた、あの人だ。

「いろんな人が、草むらにいろんなものを置いていくんです。小さいものだと草に隠れてしまうので、つまずかないようにしてくださいね」

階段にいちばん近い墓石のそばで神父が立ち止まって振り向き、そう言った。あたしは潮風に揺れてくるぶしをなでる草をくすぐったく、また心地よく思いながら、そうっと踏み出す。

時が止まっている場所。

現在と過去が、入り混じる場所。

スポーツバッグを肩にかけなおし、真新しい永遠の空気をいっぱいに吸い込む。遠い過去のどこかで、父や母が、祖父が、今こうしてあたしと同じように、この光と音を浴びてこのにおいに包まれたのだろうか。

「みんな、ここにいるんですか」

神父に訊ねる。

「パパとか、ママとか、『先生』とか」

「あなたもあの人を先生って呼ぶんですね」と神父が歯を見せて笑う。「ぼくもそうですけれど。お祖父《じい》さんなんでしょう」

「あんまりそういう気がしないんです。パパも、いつもそう呼んでたし。逢ったこともないし」

「逢っていますよ。今、ここで」

そう言われて、あたしは背伸びして草地を見渡す。

祖父の墓はすぐに見つかった。階段にだいぶ近いところにあったし、ワープロがものすごく目立つからだ。古い機械は乾いた土埃にまみれていた。プリンタ部分にはみっしりと砂が詰まっている。スイッチを入れてみるけれど、もちろん液晶画面はまっさらなままだ。

ここにはほんとうに、ささやかな永遠しかない。

「そういえば、どうしてワープロがここにあることまで知ってるんですか」

あたしが独力で祖父の墓を見つけたのに驚いたのか、神父が訊いてきた。

「先生の小説は、たしか扉を開けようとしたところで終わっていたはずです。ぼくも、先生がまだ生きている頃に読ませてもらったことがあるんです。この続きはない、って先生は言ってました」

「生きてた頃の『先生』？　知ってるんですか」

「ええ。ぼくもまだ子供だった頃です。コテージにちょくちょく遊びに行ったり、食事を運んだりしてました。ぼくも発電所の近くに住んでたんです」

「へえ」

それなら、この人にあげてしまっていいんじゃないか、とあたしは思った。スポーツバッグを開き、父からもらったあの本を取り出す。神父は目を輝かせてそれを受け取ってくれた。

「『先生』が書いたのに、パパが自分たちのことを付け足して、出版したんです」

「もらってもいいんですか？」

「あたしはもう五百回くらい読んだから」

それに、この場所にたどり着けたのだ。父がこの物語に託《たく》した役目も、もうおしまいということになるんだろう。

あたしに、すべてを伝えること。

それから、選ばせること。

祖父の墓に向かって二人で短い祈りを済ませると、神父が本を袖の中にしまって、海の見える方へと歩き出す。あたしも立ち上がってその後に続く。崖の際が近づいてきて、その向こう、朝陽を百万個くらいの光の欠片に嚙み砕いて広がる海が見える。吹き寄せる風が神父の服の裾と、あたしの前髪を舞い上がらせる。それから背後のはるか高みで、あの歌がまた響くのを聞く。

崖にいちばん近いところに、父が書き加えた最終章の通り、たしかに墓石があった。でも、それはもう墓石というよりは孔と凹凸だらけの丸い石だった。たぶん潮風が浸《しん》蝕《しょく》してしまったんだろう。この墓地を包む永遠は、雨しか防いでくれないのだ。

革張りの聖書は、ちゃんと墓石の手前の草の上に置かれていた。神父がかがみ込んで慎重な手つきで取り上げ、膝の上であたしが読みやすいように逆向きにしてページを広げてくれる。

あたしは、四つ並んだ同じ苗字の名前を、そっと指でたどる。直樹、という父の名前の隣に、あたしの名前が、ちょっと窮屈そうな字で添えられている。

藤岡　愛

父の字だった。

たぶんあたしは、それを確かめるためだけに、ここに来たのだ。

だから神父がペンを差し出してきたとき、あたしはためらいなく首を振った。

「お父さんを、あなたのものにしたいのでしょう？」

神父が言う。

「パパは、もうずっとママのものだったから。口ではなんとも想ってないなんて言ってたけど、お墓参りも欠かさず行ってたみたいだし」

「相手が他のだれかを愛していたとしても。たとえ亡くなっていても。ここではどんな愛もゆるされるんですよ。その愛が、ほんとうである限り」

「知ってます。でも、あたしの名前はもう書いてあるし」

「もう一度、あなたの手で書いてもいいんです。あなたは、お父さんをお母さんから取り戻せます。ここで永遠に結びつけることも」

もう一度、きっぱり首を振った。

「いいんです。そんなことしなくても。ひとりじゃないことがわかったんだから、それでいいの」

なにかを求めたら、たぶんあたしのこの名前は、呪いになってしまうのだ。父も母も、おそらく祖父も祖母も、みんなそれで苦しんだ。

愛する人がそこにたしかにいると、感じられるだけでいいのに。

神父は笑ってうなずいた。

「わかりました。あなたが選んだことですから」

ペンをしまい、聖書を閉じた。ところがすぐに草の上には置かない。懐から、今度はチョークみたいなものを取り出して、聖書の表紙やページの端にこすりつける。

「なんですか、それ」

「パラフィンです」

あたしは目を見開いて、神父の手元をまじまじとのぞき込んでしまう。

「いくら雨に降られないからって、こんな湿ったところに紙を置いておいたら一ヶ月と保《も》ちませんよ。げんに、最初の方のページはもうぼろぼろのぐちゃぐちゃです。日々の細かいケアでなんとか保ってるんです」

笑ってしまった。なんてささやかな奇蹟、せせこましい永遠だろう。でもたぶんそんなもののためだけに、あたしたちは生まれて死んでいくのだ。

作業を終えた神父は本を草の上に戻し膝の埃を払って立ち上がった。

「これから、どうするんですか？」

「日本に帰って、頭のおかしいお祖母《ばあ》ちゃんと戦う生活に戻ります」

祖母は、狂うくらい愛した息子と、狂うくらい憎んだ養女との間に生まれたあたしに、たぶんどう接していいかわからず、かといって棄てられもせず、ささやかで永遠に続きそうないじめを繰り返すのだ。でも、母は逃げなかった。だからあたしも逃げずにいよう。そう言うと神父はまた笑う。あたしも笑い返して、それから言った。

「その前に、お葬式に立ち合ってもらえませんか」

そう頼んでみると、かすかに顔を曇らせる。

「ぼくはまだ、結婚式のやり方しか教わっていないんですが」

「そう、ですか。ううん、どうしよう」

「でも、わかりました。勝手にやられても困ります」

あたしは草の上にスポーツバッグを置いて、まずパスポートを取り出す。ページを開くと、ＳＡＫＩ　ＦＵＪＩＯＫＡと印字された横で、母がかすかに微笑んでいる。きれいな人だ。半分はうぬぼれ。

「けっこう似てると思うんだけどな。ぱっと一瞬だけ見せれば、だませると思ったんだけど」

あたしが悔しくなってつぶやくと、神父はついに声をたてて笑った。

「あと五年くらいたてばきっとそっくりになるでしょう。でもね、それ以前に発行年月日も有効期限も書いてあるんですから。だますなんて無理ですよ」

「ああ……」

よほどしょんぼりした顔になっていたのだろう、神父はあたしの頭をなでた。

聖書と教父の墓の脇を通って、崖に近づく。思いっきり振りかぶって、パスポートを海に向かって投げた。哀しいことに向かい風だ。赤くて四角い翼は、死にかけの蝶《ちょう》みたいな軌道を描いて落ちていった。

もう一つ、スポーツバッグをあさってそれを探す。旅支度のときに、ありったけの下着と、お菓子と、パスポートと、あたしにとっていちばん大切なあの本と一緒に、詰め込んだもの。紫色の紐《ひも》でぎちぎちに縛られた小さな桐《きり》の木箱だ。蓋を開き、中に入っている握り拳くらいの壺《つぼ》を取り出す。

「まさか、お墓から持ってきたんですか」と神父が目を丸くする。

「はい。どうしても一緒に連れてきたかったから」

「お祖母様が怒りませんか。そんな勝手をしたら」

「たぶん。でもいいんです。耐えてればそのうち、お祖母ちゃんもこうなります」

神父はあきれて嘆息する。

壺の蓋をとると、中には白い灰が入っている。あたしはそれをすっかり手のひらに移してしまう。

「もう少し待って」と神父が言った。

あたしは眉《まゆ》をあげてその顔を見つめる。神父はあたしの顔でも海でも太陽でもなく、背後の、教会を見上げている。

「もう少しです」

「なにが」

あたしが訊こうとしたときだった。不意に、音楽が聞こえてきた。オルガンの高らかな和声と、それから絡み合う歌声。暗闇の中であたしを——あたしたちを導いた、あの挽歌《ばんか》じゃない。もっとずっと高く、誇らしくて哀しげな、まるでこの星の歴史上で死に絶えたすべての海鳥の鳴き声を集めたような、讃歌だ。

風向きが変わったのだ。海へと――

海へと、神父が向き直る。あたしもその視線を追いかけて首を巡らせ、水平線上に半ばまで顔をのぞかせた幼い太陽を顔に浴びる。指の間から灰が、父のかけらが流れ落ち、風に巻かれて吹き散らされる。

海へと。

手のひらにからみつく灰のざらついた感触がすっかり吹き飛ばされてしまった後でも、あたしは燃え立つ海と透き通っていく空との真ん中に立ちつくしていた。ささやかでつまらなくて、けれどいとおしい永遠の歌が、束《つか》の間、あたしを包んでいた。

〈了〉

あとがき

この物語を書き始めるにあたって、ぼくはもう一度だけあの島の風景を目に焼き付けておきたくなり、書きかけの原稿を放り出し、各社の編集部にすみませんのメールを一斉送信すると、ナップザックひとつを肩に引っかけて成田《なりた》空港《くうこう》に向かった。

飛行機に乗っている時間よりも船に揺られている時間の方がずっと長いというのは奇妙に感じられたが、なにせ地図に載っていない島だ。金庫のダイヤル錠みたいに、太平洋とインド洋を四回ほど往《い》ったり来たりした後でぐるっと地球を一周するとようやく島にたどり着ける、なんてことがあっても不思議ではない。

でも、船が白く泡立つ波跡を引きずりながらまっすぐに進んでいくと、陽が沈みかけた頃になって、水平線に灰色のしみが現れた。名前のないその島は、ちゃんとそこにあった。

日焼けと浸蝕でベイクドチーズケーキのようにぼそぼそになったコンクリートの波止場に降り、陸地に向かって歩き出すと、海風の湿り気と土に染み込んだ蒸し暑さとが、ちょうどぼくの身体を境目にして入り混じるのがわかった。椰子《やし》の木の足下でオオハマボウの黄色い花が夕風に揺られていた。コーヒー豆そっくりの色に日焼けした数人の漁師たちが網を引きずりながらぼくを追い越していって、路地の入り口でこっちを向いて手を振った。ぼくも手を振り返した。どの顔にも見憶えがあるような気がした。

この島の時間が止まっているのは、つまりこの島を出るときに記憶をみんな置き去りにしていかなければならないからかもしれない。あのおんぼろの客船を考えれば、なるほどここで仕入れた記憶は重すぎて燃費に響くだろう。

ホテルの支配人は、ほんとうにぼくのことを憶えていた。

今回はおひとりですか。

ええ、取材で来ました。

おふたりで来られた方が取材の役に立ったのではありませんか。

いえ、失敗した人たちの話を書くつもりですから、ひとりの方がいいんです。

日暮れだったが、蒸し暑いホテルの部屋で南京虫だらけのベッドに身を横たえる気にもなれず、ぼくは荷物を置いて水筒と帽子だけを取り出し、教会に向かった。紅《あか》い陽はもう島の反対側にすっかり隠れていた。

海べりの岩だらけの道を歩く間、妻と交わした言葉を思い出す。

どうしてこんな話を書こうと思ったの？

編集部から依頼があったからだよ。ぼくの方からも去年くらいに、文庫創刊のときになにか書かせてくれ、って頼んでいたしね。

そうじゃなくて。どうして、この話を書こうと思ったのかって訊いてるの。なぜ愛の話なのかということ？

そう。

だって、だれでもこういうことで悩むだろ？

ぼくの妻はそうでもないみたいだった。実のところ、ぼく自身もそうでもない。ただの前提だ。鳥が鳥であるためには、どこかの枝を蹴らなければならない。それだけのことだ。小説を書くというのはたいへん記号論理学的な行為である。前提はスタート地点なので、たとえその土地が蜃気楼でも、踏みしめなければいけない。軌跡の美しさだけが重視される。そして、誤った前提からはあらゆる結論が導き出せる。偽である前提をもとにした命題は必ず真である、という理屈は、小説家になる前のぼくにとってはにわかに呑み込みがたいものだった。たとえば、こんな文章だ。

『1＋1が3であるならば、2＋2は5である』

この文章の真偽はというと、真なのである。正しいのだ。どんな論理学の教科書にもちゃんと書いてある。けれど納得できる人が果たしてどれほどいるだろう。かつてのぼくには無理だった。腑《ふ》に落ちたのは、妻と結婚前に話し合ったことがきっかけだ。こんな会話である。

そりゃ、愛情があるなら結婚するよ。

そう言い続けて何年たったと思ってるの？　嘘つき。

嘘はついてない。愛情はないんだから。

ここがポイントだ。愛情はないのだから、愛情があることを前提に「結婚する」という言葉は嘘ではない。愛情があって結婚していないときにはじめて嘘となる。そして、嘘ではないのなら真実である。

もう少しだれにでも実感できる例でもいい。借金返済の約束がそうだ。金があるときに返すよ、という言葉は、金がないときに口にしても嘘にならない。つまり真実なのだ。ぼくがもう何年も前に勤めていた雀荘《じゃんそう》では、一日に二十回くらい、この輝かしい真実がいろんな人の口から吐き出されていた。たぶん今でもそうだろう。

嘘ではないなら真実である、という記号論理学的な二値化こそが、おそらくこの問題をぼくらの日常感覚から乖離させている主因だろう。ぼくらは心のどこかで、ほんとうでも嘘でもないものが存在すると信じたがっている。

だから、ぼくはその偽命題を前提とした偽命題から成り立つ真命題に、『真実』とはちがう名前をつけた。

つまり『物語』だ。

ぼくはそこにいるが、ぼくはそこにいない。すべての物語はこの矛盾を前提としている。そこでぼくと彼女は記号論理学的な飛行機と船を乗り継いで記号論理学的な海を渡り、この島を訪れた。

二度目の渡航は、こうしてぼくひとりだ。

むせ返るような草いきれが夕闇に少しずつ吸い取られていく中、坂道をのぼり、鈴をつけた山羊たちを見送り、火炎樹の林に潜り込み、彼らの足跡をたどった。スコールの残り香のような湿り気が耳の穴にまで入り込んできた。

林が崖で断ち切られて現れた空は、もうすっかり紺色の闇一色だった。白く薄ぼんやりとした炎が、崖下から続く森のずっと向こうに見えた。

教会だ。

崖のへりに腰を下ろして虚空に足を投げ出し、じっと耳を澄ませてみても、歌も声も、なにも聞こえなかった。ぼくのために用意された場所ではないからだろう。

それでも、ぼくはその場所からこの物語を始めた。どんな道のりをたどったのかは、二百ページほど遡《さかのぼ》ってからまたここに戻ってくればわかるかもしれない。わかってくれることを祈りたい。どこでもない港から出た船は、どこにでも行くことができる。存在しない島へさえも。だとすれば、その波跡が描いたかたち以外に、あなたに贈る価値のあるものなんてなにひとつないからだ。

・

作中の、教義に関する記述のほとんどは、島に点在していた博士の著述から引用させていただいた。深く感謝するとともに、博士の安眠を祈る。彼の教会の火はすでに消え、歌も途絶え、聖書も苔《こけ》の中にうずもれているけれど、言葉だけはぼくの物語の中で今も息づいている。

二〇〇九年十月　杉井《すぎい》　光《ひかる》

杉井　光　著作リスト

すべての愛がゆるされる島（メディアワークス文庫）
火目の巫女（電撃文庫）
火目の巫女　巻ノ二（同）
火目の巫女　巻ノ三（同）

神様のメモ帳（同）
神様のメモ帳２（同）
神様のメモ帳３（同）
神様のメモ帳４（同）
さよならピアノソナタ（同）
さよならピアノソナタ２（同）
さよならピアノソナタ３（同）
さよならピアノソナタ４（同）
さよならピアノソナタ　encore pieces（同）
死図眼のイタカ（一迅社文庫）
さくらファミリア！（同）
さくらファミリア！２（同）
さくらファミリア！３（同）
ばけらの！（GA文庫）
ばけらの！２（同）
剣の女王と烙印の仔Ｉ（MF文庫J）
剣の女王と烙印の仔II（同）
剣の女王と烙印の仔III（同）

◇◇メディアワークス文庫

すべての愛《あい》がゆるされる島《しま》

杉井《すぎい》 光《ひかる》

発行 2009年12月16日 初版発行

発行者 髙野 潔
発行所 株式会社アスキー・メディアワークス
〒160-8326 東京都新宿区西新宿4-34-7
電話03-6866-7311（編集）
発売元 株式会社角川グループパブリッシング
〒102-8177 東京都千代田区富士見2-13-3
電話03-3238-8605（営業）
装丁者 渡辺宏一（有限会社ニイナナニイゴオ）
印刷・製本 株式会社暁印刷

ISBN978-4-04-868220-6 C0193

アスキー・メディアワークス http://asciimw.jp/
メディアワークス文庫 http://mwbunko.com/

本書に対するご意見、ご感想をお寄せください。

あて先
〒160-8326 東京都新宿区西新宿4-34-7 株式会社アスキー・メディアワークス
メディアワークス文庫編集部
「杉井 光先生」係

有川 浩
シアター!
メディアワークス文庫

メディアワークス文庫

カスタム・チャイルド
―罪と罰―

壁井ユカコ

金髪碧眼の至高の美少年ながら母に遺棄された過去を持ち、
〝犯罪者の遺伝子〟に傾倒する春野。
父が愛好するアニメキャラクターの実体化として作られた少女レイ。
遺伝子操作を拒絶するカルト狂信者の両親を持つ〝遺伝子貧乏《ジーンプア》〟清田――
16歳の夏、予備校の夏期講習で出会った3人は、
反発しあい傷つけあいながらもかけがえのない友情を築いていく。
遺伝子工学分野のみが極端に発展し、
子どもの容姿の〝デザイン〟が可能になった仮想現代を舞台に、
社会によって歪められた少年少女の屈折や友情を描く、
著者渾身の長編青春小説。

第9回電撃小説大賞〈大賞〉受賞者、壁井ユカコが贈る遺伝子工学の申し子たちによる青春ストーリー。

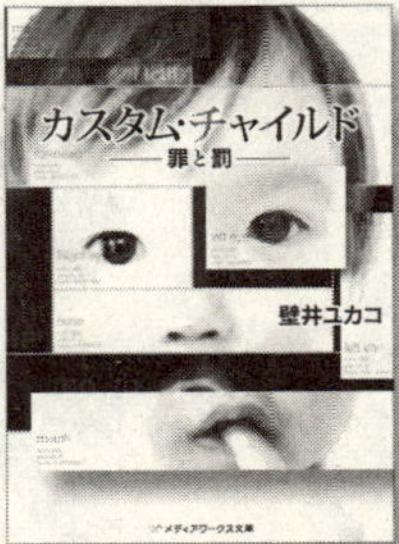

定価:683円
※定価は税込(5%)です。

発行●アスキー・メディアワークス　か-1-1　ISBN978-4-04-868223-7

メディアワークス文庫

「推理は省いてショートカットしないとね」

ぼくの名前は花咲太郎。探偵だ。
浮気調査依頼が大事件となる素晴らしい探偵事務所に務め、
日々迷子犬を探す仕事に明け暮れている。
……にもかかわらず、皆さんはぼくの職業が公になるやいなや、
期待に目を輝かせて見つめてくる。
刹那の閃きで事態を看破する名推理をして、
最良の結末を提供してくれるのだろうと。
残念ながらぼくは犬猫専門で、そしてロリコンだ。
……っと。
最愛の美少女・トウキが隣で睨んできてゾクゾクした。
悪寒はそれだけじゃない。
眼前には、真っ赤に乾いた死体まである。
……ぼくに過度な期待は謹んで欲しいんだけどな。

これは、『閃かない探偵』ことぼくと、『白桃姫』ことトウキの探偵物語だ。

探偵・花咲太郎は閃かない

入間人間

「期待してるわよ、メータンテー」

発行●アスキー・メディアワークス　い-1-1　ISBN978-4-04-868222-0

シアター!

有川 浩

ISBN978-4-04-868221-3

解散の危機が迫る小劇団「シアターフラッグ」——人気はあるのにお金がない!? 主宰の春川巧は、兄の司に借金をして劇団の未来を繋ぐ。新メンバーも加え、新生「シアターフラッグ」を旗揚げるが、果たして未来は……!?

あ-1-1

0001

カスタム・チャイルド —罪と罰—

壁井ユカコ

ISBN978-4-04-868223-7

遺伝子工学が発展し子供をカスタマイズできるようになった仮想現代。母に返品された春野、父の偏愛するキャラに似せて作られたレイ、遺伝子操作を拒絶する両親を持つ清田。三人の屈折や友情を描く著者渾身の青春小説。

か-1-1

0004

探偵・花咲太郎は閃かない

入間人間

ISBN978-4-04-868222-0

ぼくの名前は花咲太郎。しがない犬猫捜索専門探偵……なのだけど、なぜか眼前には、真っ赤に乾いた死体がある。……ぼくに過度な期待は謹んで欲しいんだけどな。これは、『閃かない探偵』ことぼくと、『白桃姫』ことトウキの探偵物語だ。

い-1-1

0008

龍盤七朝 ケルベロス 壱

古橋秀之

ISBN978-4-04-868219-0

戦場で不死身の覇王に遭遇し、〈鏢使い〉廉把《レンパ》の夢は打ち砕かれた……だがそれは、三首四眼五臂六脚、〝怪物を殺す怪物〟の物語の始まりにすぎなかった! シェアードワールド〝龍盤七朝〟、新シリーズ開幕!!

ふ-1-1

0005

メディアワークス文庫

陰陽ノ京　月風譚
黒方の鬼
渡瀬草一郎

ISBN978-4-04-868224-4

時は平安。帝の膝元たる京にて、左大臣、藤原実頼を呪詛する者あり――陰陽寮の頭、賀茂保憲は、若き二人の道士に調査を依頼するが……。〝人は鬼から生まれ、鬼は人となる〟渡瀬草一郎が贈る妖しくも儚い平安幻想譚。

わ-1-1
0006

すべての愛がゆるされる島
杉井光

ISBN978-4-04-868220-6

赤道直下に浮かぶ小さな島。そこでは、あらゆる愛が許され、結婚式を挙げることができる。――二人が、本当に愛し合っている限り。常夏の楽園で結びつけられる、いくつもの、狂おしく痛ましい愛の物語。

す-1-1
0007

第16回電撃小説大賞メディアワークス文庫賞受賞作
[映]アムリタ
野﨑まど

ISBN978-4-04-868269-5

天才、最原最早。彼女の作る映像には秘密があった。付き合い始めたばかりの恋人を二週間前に亡くした彼女にスカウトされた二見遭一は、その秘密に迫るが――。芸大の映研を舞台に描かれる、異色の青春ミステリ！

の-1-1
0002

第16回電撃小説大賞メディアワークス文庫賞受賞作
太陽のあくび
有間カオル

ISBN978-4-04-868270-1

愛媛の小さな村で開発された新種の夏ミカン。その素晴らしさを多くの人に知ってもらおうと、村の高校生たち、テレビの通販番組のバイヤーらが悪戦苦闘する。苦しくなるほど眩しく、そしてエネルギーに満ちた彼らの物語。

あ-2-1
0003